秘剣の名医

【十一】

蘭方検死医 沢村伊織

◆

永井義男

コスミック・時代文庫

この作品はコスミック文庫のために書下ろされました。

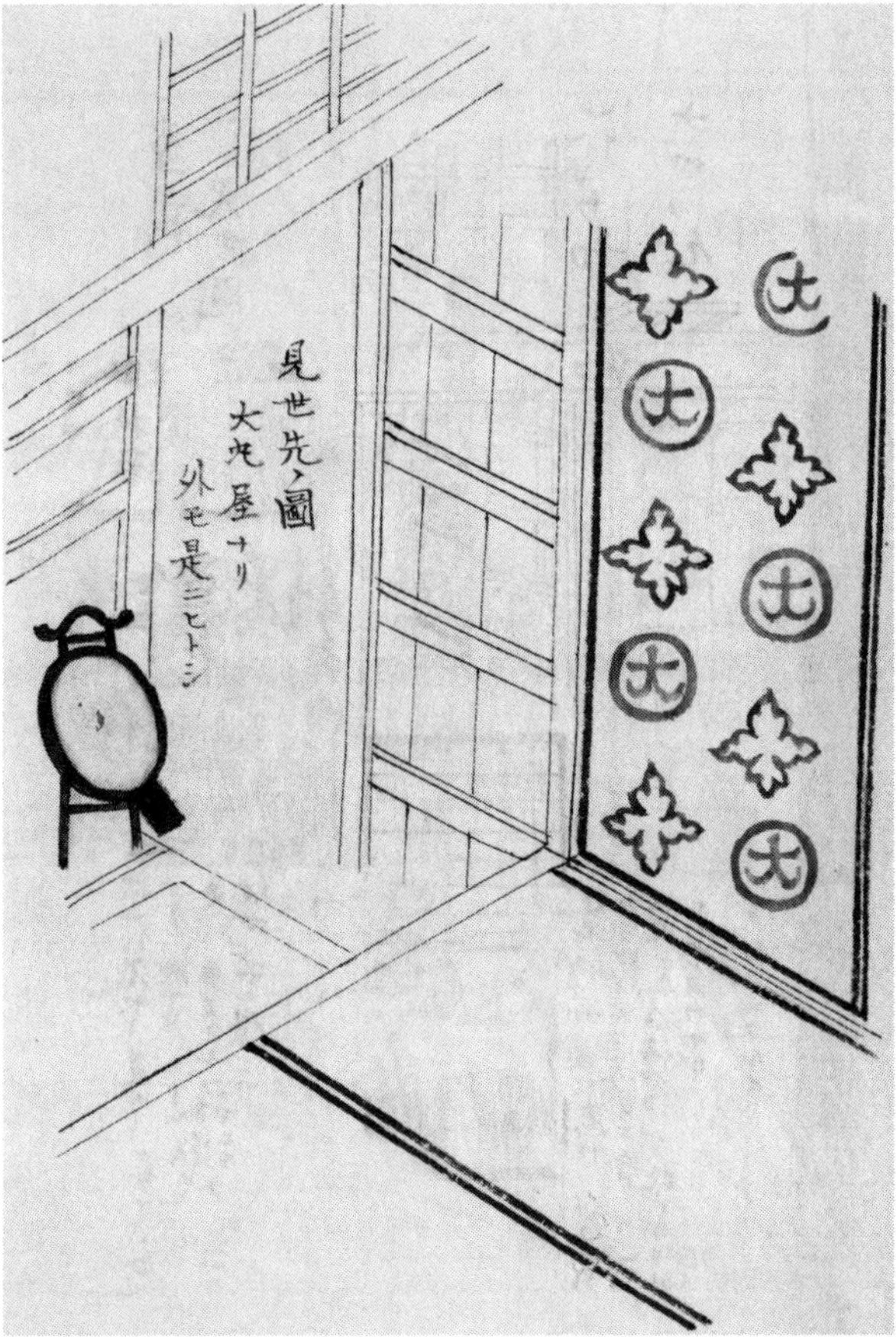

◇ 切見世の室内
『岡場所考』（石塚豊芥子編、写）、国会図書館蔵

◇ 切見世の室内

『三日月阿専』（為永春水著、文政九年）、早稲田大学図書館蔵

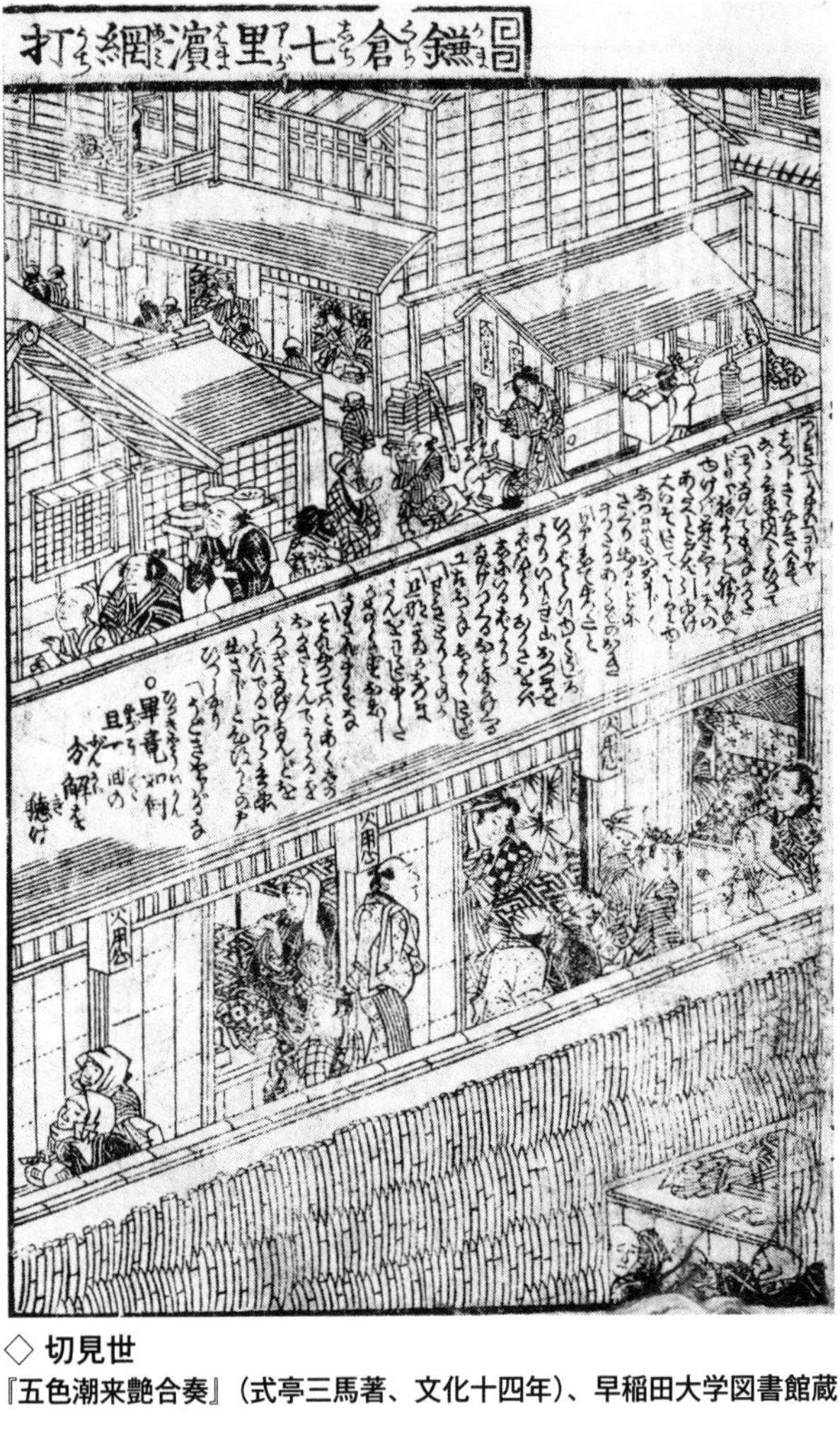

◇ 切見世

『五色潮来艶合奏』（式亭三馬著、文化十四年）、早稲田大学図書館蔵

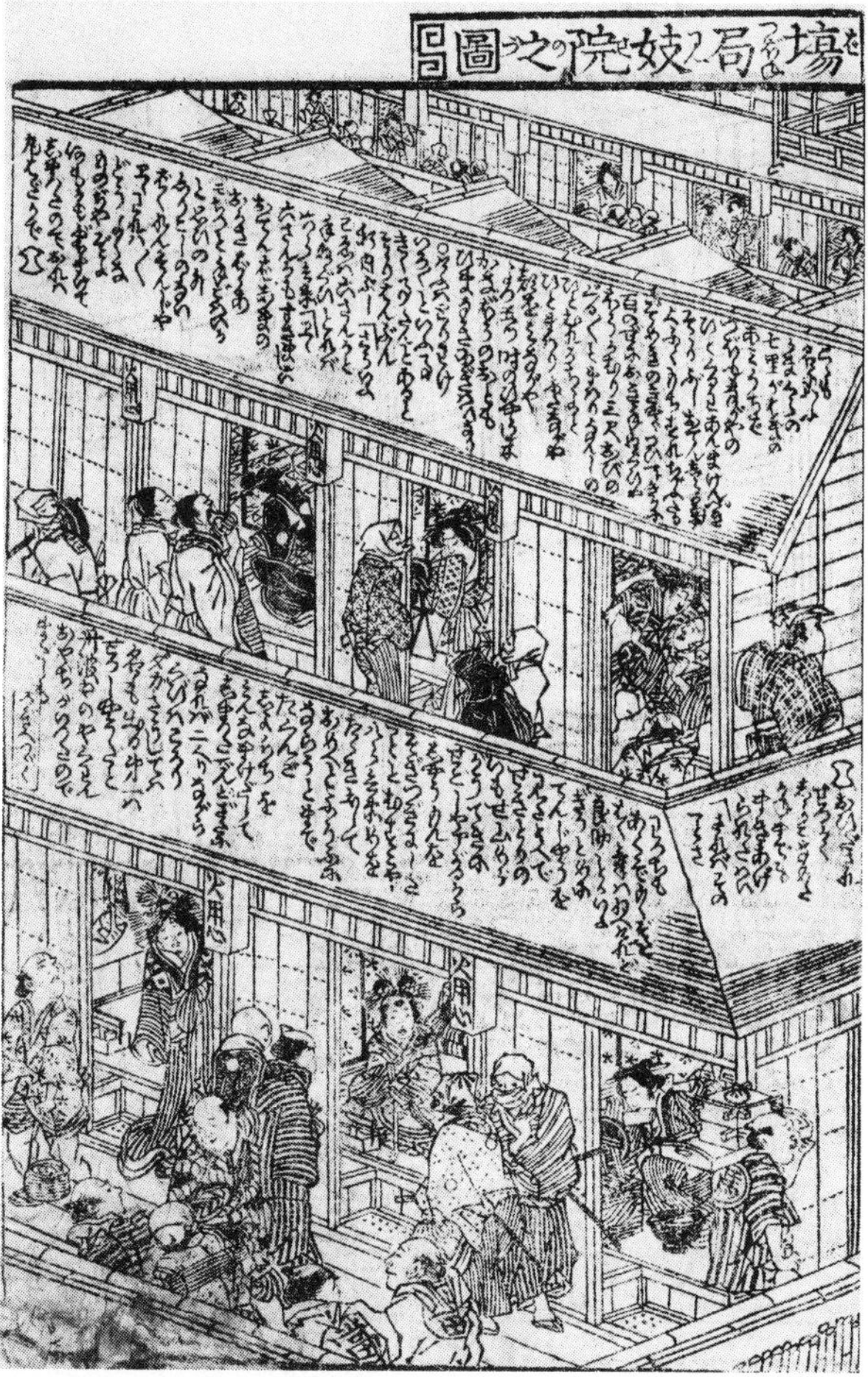
場局妓院之圖
火用心
火用心

◇ 篆書
『新撰篆書字典』（安本春湖著、大正十三年）、国会図書館蔵

曾

最 同冣 冖部

朁

會

朄

朇

【月部】

月

有

朋 同鳳

肭 同朒

朌 同頒 頁部

服

朏

朒

朓

朔

◇ 湯島天神
『湯島天神女坂』（歌川広重）、足立区立郷土資料博物館蔵

廣重画

◇ 仕出料理屋
『春の文かしくの草紙』（山東京山著、嘉永六年）、国会図書館蔵

◇ ももんじ屋
『絵入り旅行記』（ベイツ著、1869 年頃）、
国際日本文化研究センター蔵

◇ 三々九度
『田舎鶯』（無仏庵元越著、文政六年）、国会図書館蔵

目次

序

正式な地名ではないのだが、「堂前《どうまえ》」で、たいてい通じた。

とくに、下級武士や庶民の男は堂前と聞くや、少なからぬ者が曖昧《あいまい》な笑みを浮かべた。笑いを噛《か》み殺すと言おうか。

かつて浅草《あさくさ》の地に、京都の三十三間堂《さんじゆうさんげんどう》を模《も》して三十三間堂が建てられ、ここで弓術《きゆうじゆつ》の稽古《けいこ》や、通し矢がおこなわれた。

ところが元禄《げんろく》十一年（一六九八）の火災で、三十三間堂は焼失した。その後、三十三間堂は浅草ではなく、深川《ふかがわ》の地に再建された。

そして、浅草の三十三間堂の広大な跡地には、いくつかの寺院が移転してきた。

やがて門前町《もんぜんまち》もできる。

竜光寺《りゆうこうじ》も移転してきた寺のひとつだが、その門前町に岡場所《おかばしよ》ができた。かつての三十三間堂の前なので、三十三間堂前、略して堂前と呼んだ。

つまり、堂前といえば、浅草の竜光寺の門前にある岡場所のことだった。

しかも、堂前は切見世《きりみせ》(局見世《つぼねみせ》ともいう)で有名だった。切見世は、平屋の長屋形式である。

岡場所は二階建ての女郎屋《じょろうや》が建ち並び、その一画に切見世があるのが普通だった。

ところが、堂前はすべて切見世だったのだ。やや異様な光景と言おうか。

かくして、堂前と聞いただけで、男たちはニヤリとしたのである。

第一章　密　室

一

　せわしない足取りで路地を歩く小柄な男は、顔を険悪にゆがめていた。なにか焦《あせ》っているようだった。それとも、怒りに駆りたてられているのだろうか。年のころは三十前後である。

　まだ昼間なので、路地の人通りはまばらだった。

　男は、路地番の平内《へいない》を見るや、怒鳴るように言った。

「おい、お米《よね》という女郎の部屋はどこじゃ。案内しろ」

　平内は堂前に五人いる路地番のなかで、もっとも屈強《くっきょう》な身体をしていた。その体格は相撲取《すもうと》りと見まがうほどである。

　布子《ぬのこ》の上に半纏《はんてん》を着て、上部に数個の輪のついた金棒を手にしている。

こんなとき、平内は手にした金棒をじゃらんと鳴らし、

「なんだね、わけを言いなせえ」

と、なかば威嚇するのが常だった。

そうすると、相手は平内の迫力に圧倒され、急におとなしくなる。

ところが、目の前の男は、手ぬぐいで頬被《ほおかぶ》りをし、着物は尻《しり》っ端折《ぱしょ》りしていたが、腰には刀を差していた。

平内は、男は大名屋敷の足軽《あしがる》であろうと見た。

足軽は最下級とはいえ、いちおう士分である。武士を威嚇するわけにもいかず、平内は丁寧《ていねい》に、それでも不機嫌を滲《にじ》ませて言った。

「お米さんが、どうかしましたかね」

「あの女、拙者の財布を盗んだ。盗っ人め」

「お米さんが盗んだと、どうしてわかるのですかい」

「あの女のところを出て、道を歩いていて、財布がないのに気づいた。それで、こうやって、取り返すために戻ってきた」

平内はやや腹立たしかったが、客のひとりには違いない。とりあえず、案内することにした。

堂前の女郎屋は、長屋形式の切見世《きりみせ》だった。

平屋の長屋が縦《たて》に五棟並び、横に一棟ある。しかも、それぞれの長屋の途中をぶち抜いて、通路がもうけられていた。そのため、縦横《じゅうおう》に路地が走り、まるで迷路のようになっていた。

長屋の各部屋に遊女がひとり住んでいて、全部で百人近い。しかも、部屋の入口の柱に名を書いた表札が掛かっているわけでもない。

引き返してきた足軽が、すぐにお米の部屋にたどり着くのは難しいであろう。しかし、平内はほぼ全員の名前と部屋を覚えていた。

「ついてきなせえ」

平内は先に立って、路地を進む。

ほとんどの部屋は、入口の戸が開いていて、遊女が座っているのが見えた。こうして座っていて、路地を通る男に声をかけるのだ。

逆に、戸が閉じられているのは、客がいる証拠だった。

まだ明るいので、戸を開け放っている部屋が多い。だが、薄暗くなってくると路地に人があふれ、次々と入口の戸も閉じられていく。

何度か路地を曲がったあと、平内が言った。

「お米さんは、ここですがね」

入口の戸は閉じられていた。

戸は上半分が障子《しょうじ》で、下半分が杉板になっている。

「客人がいるようですな。しばらく外で待っていなせえ」

そのまま立ち去ろうとした平内が、ふと眉《まゆ》をひそめた。

障子の紙に、小さな赤い点が三つ、四つ、散っているのに気づいたのだ。

色はあざやかで、古い染《し》みではない。

「お米さん、路地番の平内だがね、お米さん」

平内が声をかけた。

しかし、返事はない。

「お米さん、ちょいと開けるぜ」

思いきって戸をあけた。

それまで控えていた足軽が、戸が開くのを待ちかねたように、平内の横をすり抜け、

「おい、てめえ」

と叫びながら、中に飛びこんだ。

お米の声がしない。

「どうかしましたか」

「ひえッ」

平内の呼びかけに対して、足軽が低く叫びながら、よろめくように外に出てきた。

入れ替わるように、平内がせまい土間に踏みこむ。

「えっ」

息を呑《の》んだ。

お米は全身朱《あけ》に染まり、足を入口に向ける格好で、仰向《あおむ》けに倒れていた。室内のあちこちに血痕《けっこん》が散っている。

平内は身体をかがめ、血にまみれていないお米の足に手をあて、揺すった。

「お米さん」

反応はない。

すでに死んでいるのはあきらかだった。

「旦那」

そう言いながら、平内が振り向く。

足軽は踵《きびす》を返し、逃げだすところだった。

「ちょいと待った、おめえさん」

平内が呼び止めたが、足軽はもう脱兎《だつと》の勢いで路地を走っている。路地のドブ板がゴトゴトと響く。

すばやく前方を眺《なが》め、人の姿を探した。もし、ほかの路地番がいれば、「おい、その男を止めろ」と声をかけ、阻止《そし》させようと思ったのだ。

だが、あいにく路地番はいなかった。

もう、かなり離れている。これから走っても、とても追いつけないであろう。

平内はあきらめるしかなかった。

「ちっ、厄介なことができたな」

いつしか、戸の開いていた部屋から女たちが次々と路地に出て、こちらを注視していた。

二

堂前の敷地は、朝鮮矢来《ちょうせんやらい》と呼ばれる竹垣で囲まれていた。

のであろう。竹のほとんどはくすんでいたが、ところどころに青竹がある。最近、修繕した

季節によっては、竹垣に雨蛙《あまがえる》や蟷螂《かまきり》の姿を見ることもあるが、いまは寒々としている。

「冷やかしで歩いたことはあるが、もう二十年も昔だ。しかも、夜だったからな。全体をこうして見るのは、初めてだ」

岡《おか》っ引《ぴき》の辰治《たつじ》は、朝鮮矢来の内側にひしめくように建ち並んだ長屋を眺めている。

案内してきた路地番の平内が、前方の木戸門を指さした。

木戸門の外の両側には、多数の屋台店が並んでいる。まるで、神社仏閣の表門に向かう参道のようだった。

「出入口は四か所あるのですが、あの門から入ります」

「ほう、四か所もあるのか。吉原《よしわら》の出入口は大門《おおもん》ひとつだけだぜ。出入口に関するかぎり、堂前は吉原より上だな」

「へへ、ご冗談を」

平内が愛想笑いをする。

木戸門の柱には掛行灯《かけあんどん》が掛かっていて、

ろじ四ツ切
火の用心

と書かれていた。

「おい、路地四ツ切《よつぎり》ってことは、四ツ（午後十時頃）には木戸門を閉めるのか」

「へい、いちおう四ツ切と決まっておるのですが、客人の都合もありますので、まあ、そのとき次第と言いましょうか」

「ふうむ、融通《ゆうずう》は利くということか。

それにしても、かなり広いな。敷地はどのくらいだ」

「二十間《けん》（約三十六メートル）四方というところでしょうか」

「二十間四方で、出入口が四か所か」

辰治が渋い顔になった。

敷地が広く、長屋が建てこみ、四か所も出入口があれば、不審な人間を特定するのは困難であろう。

辰治は、捜査は難航《なんこう》するに違いないと思った。

せまい路地を進むと、戸の開いた部屋の中から、男を誘う声がする。

「羽織《はおり》さん、寄っていきな。まだ口明けだよ」

女は口明け、つまり今日初めて客を迎えると言っているのだが、本当かどうかはわからない。

羽織を着た商人風の男は女を一瞥《いちべつ》しただけで、さっと前を通り抜ける。自分の好みではなかったようだ。

こちらでは、女が呼びかける。

「銀《ぎん》さん、銀さん、なんだい、知らんぷりはないだろう」

呼び止められた男は、職人風だった。

銀さんと呼ばれていることから、馴染《なじ》み客であろう。

「へへ、そういうつもりじゃなかったんだがね」

路地に立ち、照れ笑いをしている。

女が強引に誘う。

「寄っていきなよ。おめえさんの好きなことを、たっぷりしてあげるからさ」

「おい、大きな声を出すなよ」

男は大げさに人差指を唇にあてながら、さっと中に入る。

すぐに戸が閉じられた。

日が西に沈みかけ、路地を歩く男の数は増えはじめていた。

「ここですがね」

平内が立ち止まった。

閉じられた戸の前で、別な路地番が金棒を手に、立ち番をしていた。

「変わったことはねえか」

「とくにねえよ」

「誰も中に入れてねえよな」

「俺がこうして立ち番しているんだ。誰も入れるもんか」

「じゃあ、親分、戸を開けますぜ」

「おっと、その前に」

辰治は障子に目を近づけ、散った血痕を確かめた。すでに乾き、薄茶色に変色している。

「うむ、これが、てめえが言っていた血だな。よくわかった。

よし、開けてくんな」

平内が戸を開け、先に中に入るよう勧める。

辰治が土間に入ると、平内が立ちふさがって、路地から部屋の中が見えないようにした。土間はせまいため、ふたりの人間が立つことはできないのだ。

辰治は土間に立ち、まずは倒れている女を見た。

続いて、部屋の中を見まわす。

岡っ引として、これまで数多くの死体を目にしてきた。死体を見てもとくに動揺はない。

部屋の間口は五尺五寸（約一・七メートル）で、辰治の立っている土間の横に、畳半分くらいの板敷の場所があった。

そこに、鏡台と火鉢《ひばち》、行灯《あんどん》、盥《たらい》、煙草盆《たばこぼん》、丼、茶碗《ちゃわん》が置かれている。いわば生活道具のすべてであろう。

土間をあがると、畳が二枚、敷かれていた。これだけである。

この二畳の部屋で女は生活し、客も迎えるのだ。

ざっと見まわしたあと、辰治が土間に草履《ぞうり》を脱いで、上にあがる。それを見て、平内も土間に足を踏み入れ、後ろ手に戸を閉めた。

辰治が死体のそばにしゃがんだ。

続いて、平内がそばにかがむ。

死体は、蒲団からわずかに足がはみだす体勢で仰向けになっている。目は開いたままで、口も半開きになっていた。まるで、いまにも悲鳴をあげそうだった。年のころは二十代後半であろうか。

「お米か」

「へい、さようで」

「死体は見つけたときのままか」

「へい、動かしてはいません」

辰治がお米の着物をめくり、傷跡を検分していく。

これまで数多くの死体を検分しているため、刃物傷は見慣れていた。

「左の胸に穴が空いている。ここから血が飛び散ったのだろう。入口の障子にまで散るほどだからな。

おい、死体を裏返す。手伝ってくんな」

「へい」

ふたりがかりで、お米の身体をうつ伏せにした。

辰治が背中を検分し、言った。

「背中には傷はないな。正面から、左の胸をひと突きにしている。殺した男は全身に返り血を浴びたはずだがな。

おい、財布を探しに戻った足軽は、返り血を浴びてはいなかったのだな」

「へい、もし返り血を浴びていたら、あたしも気がついたはずです」

「それは、そうだな。

ところで、蒲団は敷かれているが、上にかける夜着《よぎ》がないな」

「夜着は、あそこの棚にたたんで置かれています」

平内が指さした。

部屋の左右は、唐紙《からかみ》で仕切られていた。奥は板壁で、そこに簡単な棚がしつらえられている。

棚に、たたんだ夜着が乗っていた。

「ほう、すると、棚からまず蒲団をおろして敷いたところを襲われたことになるな。あるいは、することが終わって、夜着を棚にあげ、次に蒲団に取りかかろうというときに襲われたか」

「せまい部屋ですからね、客人がいないときは、蒲団も夜着もたたんで、あの棚に置いておくのです。

ちょんの間《ま》のときは蒲団を敷くだけで、夜着は使いません。夜着をかけるのは、泊りのときだけです」

「なるほど、昼間のちょんの間なので、蒲団を敷くだけだったのか」

そのとき、右隣の部屋で男と女の話し声がしていたかと思うと、いかにも唐突に、

「ああ、いい、ああ、いいよ、いく、いく」

という嬌声《きょうせい》があがった。

女は派手なよがり声をあげて男を興奮させ、早く終わらせようとしていた。

もちろん、よがり声は演技である。演技を、いかに演技ではないように演じるかが遊女の手腕だった。

仕切りは唐紙一枚なので、物音や話し声は筒抜《つつぬ》けである。

辰治は嬌声を聞き流しながら、言った。

「右隣と左隣の女は、なにか気づかなかったのか。争う音を聞いたとか、悲鳴を聞いたとか」

「へい、そのあたりは、調べました。右と左の女に、なにか気づいたことはないかと尋ねたのです。ふたりとも、とくに変わったことはなかったと言っていまし

た」

「ふうむ、ところで、足軽が探しに戻った財布は、見つかったのか」

「へい、あとで探すと、蒲団の端《はし》からのぞいていました。うっかり落とし、まぎれてしまったのかもしれません」

「その財布は、どこにある」

「店頭《たながしら》にあずけています。

しかし、ちょいと妙なことがありましてね」

「なんだ、言ってみろ」

「へい、ざっと部屋の中を調べたのですがね。じつは、お米さんの財布が見つからないのですよ」

「ふうむ、すると、足軽は財布を忘れて帰った。

次の男がお米を殺し、財布を奪い去った。そのとき、足軽の財布には気づかなかったことになるな。気づいたなら、一緒に持ち去っただろうからな」

「へい、そういうことになります」

「よし、死体の検分はこれくらいでよかろう。

では、そろそろ、店頭のところへ行こうか。光吉《こうきち》といったかな」

「へい、さようで。親分のおいでを待っているはずです。ところで、お米さんの遺骸《いがい》はもう、取り片づけてようございますか」

「ああ、もう検分は済んだからな。早いとこ、葬《ほうむ》ってやりな」

「へい、かしこまりました」

路地に出た平内は、立ち番をしていた路地番になにやらささやき、指示している。

お米の死体を早桶《はやおけ》に詰め、近くの寺の墓地に運ぶのであろう。

男ふたりで、天秤棒《てんびんぼう》で早桶を担ぎだすのであろうが、路地は人通りが多いだけに、平内は「なるべく客人の目に触れないようにな」とでも注意しているのかもしれない。

しかし、人の目に触れないなど、とうてい無理な相談だった。せまい路地の混雑のなかを、早桶は進むことになろう。

夕闇《ゆうやみ》が迫っている。

路地を歩きながら、辰治が感想を述べた。

「ほう、いつの間にか人出が増えたな」

「いえいえ、こんなものではありませんよ。日が暮れると、路地はもう雑踏《ざっとう》です。

人気のある女の部屋の前で、客人が順番待ちで並ぶことがありましてね。すると、ますます人の流れが悪くなりますから、あたしら路地番が金棒をじゃらんと鳴らして、

『立ち止まらないでくんなせえ。ひとまわりして、また来なせえ』

と、追いたてるんですよ。

この金棒は、そのための物でしてね」

「ほう、『ちょんの間《ま》』だから、ひとまわりして来れば、次の番になるというわけか」

切見世の遊び方は、ちょんの間だった。

ちょんの間とは、短時間の遊びで、時間にしておよそ十～十五分である。線香を灯《とも》して計った。

転じて、あわただしい性行為や、早漏《そうろう》気味の交接もちょんの間と言った。

「ちょんの間と言えば、わっしは日頃、女房からそう言われているがね」

「へへ、ご冗談を」

平内は愛想笑いを浮かべる。

岡っ引とどう付き合えばいいのか、まだわからず、当惑しているようだった。

人混みで、とうてい路地は肩を並べては歩けない。

平内のあとに続いて、辰治は路地を歩いた。

三

敷地の端に大きな物置がある。

物置に隣接して、二階建ての仕舞屋《しもたや》があった。堂前の店頭《たながしら》の家である。

店頭は、いわば切見世の楼主《ろうしゅ》だった。堂前を牛耳《ぎゅうじ》っている人間と言えよう。

玄関の戸は瀟洒《しょうしゃ》な格子造りで、戸の柱に掛けた表札には、

よどがわ屋光吉

と書かれていた。

淀川屋《よどがわや》という屋号を名乗っていることになろうか。表向きは、芸事の師匠の家のようである。

格子戸の横に、万年青《おもと》と菊《きく》の鉢が置かれていた。万年青の葉の緑と、菊の花の

黄色の対比があざやかだった。

　空気がよどみ、ごみごみした切見世のなかにあって、この仕舞屋だけが別世界の趣《おもむき》があった。

「親方、辰治親分をお連れしました」

　平内が声をかける。

　店頭は、配下の者からは親方と呼ばれているらしい。

　やや、しゃがれた声が返ってきた。

「おう、入ってくれ」

　格子戸を平内が開け、辰治を中に通す。

　広い三和土《たたき》で、根府川石《ねぶかわいし》の沓脱《くつぬぎ》が据《す》えられていた。

　辰治が沓脱に草履を脱いであがると、六畳ほどの部屋である。

　長火鉢を前に座った光吉は、碁盤縞《ごばんじま》のどてらを羽織っていた。堂前の店頭だけに、辰治は恰幅《かっぷく》のいい、威圧感のある男を想像していた。

　ところが、光吉は顔色の浅黒い、痩《や》せた五十前くらいの男だった。貫禄を示すため、どてらを羽織っているのかもしれない。

「親分、お呼びたてして、申しわけないですな。どうぞ、お座りください」

光吉は辰治に座を勧めながら、平内のほうを向いた。

「おい、てめえもあがりな。そこじゃあ、話ができねえ」

平内は遠慮して、三和土に立ったままだったのだ。

光吉の言葉に応じて、平内もあがってきたが、上框《あがりかまち》の近くに大きな身体を縮《ちぢ》めるようにして正座した。店頭の威光はかなりのものとわかる。

「あたしが出ていくと、女どもがかえって心配するものですから。あたしはなるべく表に出ないようにしております。

それで、親分にこちらにご足労いただく形にしました。ご勘弁ください。

どうぞ、お使いください」

光吉が煙草盆を差しだした。

辰治は軽くうなずく。

「うむ、そのあたりは、わかっているつもりだ。

お米という女の部屋と死体を見てきたぜ。死体はもう、寺に運ばれているはずだ。

ところで、なぜ、わっしを呼んだのだ。

たとえ女が殺されても、病死ということにして手早く葬り、事件などなかったようにしてしまうのが、おめえさんらの日頃のやり口ではねえのか」

辰治が薄く笑いながら言った。

不審と同時に、警戒もあった。

というのは、江戸で営業を許された遊廓《ゆうかく》は吉原だけである。各地にある岡場所は非合法であり、いわば「隠《かく》し売女稼業《ばいじょかぎょう》」だった。

非合法とはいえ、岡場所の女郎屋は堂々と営業していたが、それは町奉行所が見て見ぬふりをしていたからである。

そのため、岡場所では犯罪や事故が起きても、町奉行所には届け出なかった。

町奉行所のほうでも、できるだけかかわるまいとした。

なまじ役人が乗りだすと、非合法の存在を許すわけにはいかない。事態が大きくなると、岡場所そのものの取り払いにまで発展しかねなかったからである。

そんな背景があるだけに、町奉行所の役人に手札をもらっている岡っ引の自分が呼ばれたことに、辰治は不審と警戒を覚えていたのだ。

「畏《おそ》れ入ります。耳が痛いですな。

じつは、お役人にお届けするわけにはまいりませんので、内々で親分にご相談したいと思いましてね。

　もちろん、お礼はさせていただきます」

「なるほど、そういうことなら、お役人の耳には入れないでおくぜ」

　物分かりよく答えながら辰治は、自分が手札をもらっている南町奉行所の定町《じょうまち》廻《まわ》り同心の鈴木《すずき》順之助《じゅんのすけ》には、委細《いさい》を報告するつもりだった。

　鈴木の反応は想像がついた。聞き終えたあと、「ふむ、そうか。では拙者はなにも聞かなかったことにしておく」と言うに違いない。鈴木にしても、岡場所の事件には手を染めたくないのだ。

　しかし、同心には前もって報告しておくに越したことはない。これは、岡っ引としての辰治の知恵だった。

「へい、ご内聞《ないぶん》にしていただけると、助かります」

　光吉が頭をさげた。

　店頭の辞儀を見て、あわてて平内も頭をさげる。

　女中が辰治の前に、茶と菓子盆を置いた。

　菓子盆には金平糖《こんぺいとう》が盛られている。

　金平糖は周囲に角状《つのじょう》の突起のある、小粒の砂糖菓子で、高価だった。このことからも、店頭の贅沢《ぜいたく》な暮らしぶりがわかる。

茶をひと口すすったあと、辰治が言った。

「で、わっしに相談とはなんだね」

「じつは、さきほどのお米は三人目なのです」

「え、すでに、ふたり殺されているのか」

辰治もさすがに驚いた。

思わず、「なぜ、いままで黙っていた」と難詰《なんきつ》しそうになって、ハッと気づいた。

要するに病死ということにして、殺人事件を隠蔽《いんぺい》したのであろう。ところが、被害者が三人目になり、ついに岡っ引に頼らざるをえなくなったのだ。

「話してみなせえ」

「ふたり目が殺されたときまでは、あたしも立て続けに起きたのはたまたまであろうと、まだ高を括《くく》っていたのです。

岡場所では、酒乱の客人が騒動を起こすのはしょっちゅうです。巻き添えを食って女が殺されるのは、珍しくありませんからね。

ところが今日、三人目が殺されたと聞きまして、これは只事《ただごと》ではないと思ったのです。あきらかに堂前の女を狙《ねら》っています。

しかも、聞くところによると、平内はもっとも怪しい足軽を、みすみす取り逃がしているではありませんか」

光吉がじろりと平内を横目で見た。

その目には酷薄《こくはく》な光がある。

平内は面目《めんもく》なさそうに、うなだれていた。

苦々しい顔で、光吉が続ける。

「堂前には路地番が五人いるのですが、どいつもこいつも役立たずばかりです。連中に任せていたら、下手人を捕らえるどころか、次の殺人を防ぐこともできないでしょうな。

このままでは、変な噂《うわさ》が広がり、客足が遠のきかねませんからね。女たちにも動揺が広がり、みな堂前から逃げだしかねません。

そこで、あたしも一大決心をして、平内に命じ、親分をお迎えにいかせたのです。親分にお願いして、一日も早く解決していただきたいと思いましてね。お噂はかねがね耳にしておりましたので」

「うむ、わっしに声がかかった理由は、わかりましたがね。ひとり目と、ふたり目の状況はどうだったのですかい」

「それは、平内から説明させましょう。

おい、親分にお話ししろ」

一礼したあと、平内が話しはじめた。

「最初の女は、お巻《まき》といいましてね。一か月ほど前だったでしょうか。朝四ツ（午前十時頃）になっても、戸を閉じたままでしてね。泊り客がいるのかなと思ったのですが、それにしても、あまりに静かなものですから。

戸をドンドンと叩いて、

『お巻さん、まだ寝ているのかい、もう、四ツの鐘《かね》が鳴ったぜ、お巻さん』

と声をかけたのです。

それでも返事がないので、思いきって戸を開けたのです。すると、お巻さんが血まみれで倒れていました」

「どのような格好で倒れていたのだ」

「蒲団は敷いたままで、頭を入口のほうに向けて、仰向けに倒れていました。胸や背中を十か所ばかり、滅多突きにされていました。部屋中に返り血が飛び散っていましてね。夜着はたたんで、棚にありました。

あたしはびっくりして、すぐに親方にお知らせしたのです。

親方の指示で、お巻さんの両隣の女に尋ねたのですが、なにも気づかなかったそうでして。ほかの路地番にも、不審な客人に気づかなかったかどうか尋ねたのですが、とくに気になる客人はいなかったとか」

「夜着は棚にあったのだから、殺したのはちょんの間の客だな。たまたま、翌朝までわからなかったわけだ。

お巻の死体は早桶に詰めて、病死として寺の墓地に運んだのか」

「へい、さようで」

「次の、ふたり目はどうだったのか」

「十日ほど前だったでしょうか。お倉《くら》という女が殺されたのです。ただし、発見したのは又蔵《またぞう》という路地番でして、あたしではありません。

朝、やはり戸が閉じたままなので、又蔵は気になって声をかけたのですが、返事がない。そこで、戸を開けてみると、お倉さんが死んでいたというわけでして。

血相変えて又蔵が走ってくるのを見て、あたしが声をかけると、

『お倉さんが殺されてるぜ』

と言うではありませんか。

そこで、あたしは又蔵と一緒に行ってみたのです」

「ほう、てめえは、お倉の死体も見たのだな。どんな具合だったのか」

「頭を壁のほうに向けて、うつ向けに倒れていました。背中に二か所、刺し傷がありました」

「蒲団と夜着はどうだ」

「夜着はたたんで、壁の棚に置かれていましたが、蒲団は敷いたままでした。

親方にお倉さんが殺されていたことをお知らせし、そのあと、両隣の女や、ほかの路地番に不審な客人のことを尋ねたのですが、やはりなにもわかりませんでした」

「ふうむ、夜着は棚にあったのだから、殺したのはちょんの間の客だな。やはり、翌朝まで発見されなかったわけだ。

手がかりはなにもなしか。そして、今日、三人目のお米か。状況から見て、足軽が殺したとは思えないが、尋問《じんもん》すれば、なにかわかったかもしれない。取り逃がしたのは惜《お》しかったな」

またもや平内がつらそうに、うなだれる。

思いだして、辰治が言った。

「そうだ、足軽が忘れたという財布を見せてくんなせえ」

「へい、これですがね」

光吉が長火鉢の猫板の下にしつらえられている引き出しを開き、中から財布を取りだした。

革製《かわせい》だが、すでにくたくたになっていた。父親の、もしかしたら祖父の遺品かもしれない。

受け取った辰治が確かめると、もっとも高額なのは南鐐《なんりょう》二朱銀だった。そのほか、一朱銀や四《し》文銭《もんせん》、一文銭があった。

ふと気づいて、辰治が言った。

「堂前の揚代《あげだい》は、いくらだね」

「切見世ですから、ちょんの間が百文です。泊まりは二朱ですがね。ただし、これは最低限ということですから、客人が悦んで祝儀を渡す分はまた別で、女の取り分ということになります」

光吉が答える。

辰治は、揚代のほぼ半分を店頭が徴収しているだろうと思った。祝儀はすべて女の取り分であろう。

財布の中には、金のほかに印鑑があった。

「ほう、印形《いんぎょう》があるな。足軽が財布を探しに戻ったのは、金はもちろんだが、この印形が目的だったのかもしれないな」

「彫られている文字を読もうとしたのですが、読めませんでした」

「印形の字は逆に彫られているからな。そうだ、紙に押してみてくれねえか。持ち帰って調べてみる」

辰治が思いついて言った。

頭に浮かんだのは、蘭方医《らんぽうい》の沢村伊織《さわむらいおり》と、弟子《でし》の春更《しゅんこう》である。あのふたりに相談すれば、なにかわかる気がしたのだ。

光吉が女中に、朱肉《しゅにく》と紙を持参するよう命じた。

しばらくして、結城紬《ゆうきつむぎ》の着物に黒繻子《くろじゅす》の帯を締めた、三十前後の女が朱肉と紙を持って、奥から現れた。

髪は島田《しまだ》に結い、銀の簪《かんざし》と笄《こうがい》を挿している。鼻筋の通った、なかなかの美人なのだが、顔色はよくなかった。光吉の女房らしい。

おそらく、元玄人《くろうと》、つまりどこかの岡場所の遊女だったのであろう。もしかしたら、吉原の遊女だったのかもしれない。

元遊女が、いまは多くの遊女を管理する立場である。元遊女としては出世したと言えよう。

「おまえさん、これでいいかい」

「もっと、ましな紙はなかったのか。まあ、しかたがねえ。親分、どうぞ」

辰治は朱肉と紙を受け取った。

印形に朱肉をつけたあと、紙に押しあてる。

見ると、楕円形《だえんけい》の中に奇怪な線が走っていた。漢字だとしても、崩し方が異様だった。読み方は見当がつかない。

解読をあきらめた辰治は、

「わっしも、まったく手に負えない。しかし、ちょいと心当たりがあるので、これは預かっていくぜ」

と、印影を押した紙をふところにおさめた。

印形を財布に戻し、光吉に渡したあと、辰治が平内に言った。

「そうそう、お米の財布が見つからなかったと言っていたな。お巻とお倉はどうだったのだ」

「ふたりの財布は、ちゃんと部屋にありました」

「ふうむ、ひとり目とふたり目の財布はそのまま、三人目では財布がなくなっていたわけか。妙だな。

ともかく、お巻とお倉がいた部屋に案内してくれ。いちおう、場所を確かめておきたい」

「へい、かしこまりました」

立ちあがろうとする辰治に、光吉が、

「親分、些少《さしょう》ですが、お収めください。解決した暁《あかつき》には、また……」

と、ひねった懐紙《かいし》を渡す。

語尾《ごび》を濁《にご》したが、別途に成功報酬《ほうしゅう》を示唆《しさ》していた。

「すまねえな」

辰治は受け取り、無雑作に袖《そで》に放りこむ。

感触と重みから、二分金二粒、合わせて一両のようだった。解決した暁は一両だろうか、それとも二両だろうか。

もちろん、辰治はこうした謝礼については、同心の鈴木にはいっさい報告はしていなかった。

四

沢村伊織は須田町《すだちょう》の通りを歩いていて、春更が道端に立っているのを見かけた。

矢立《やたて》の墨壺《すみつぼ》で筆先を湿しながら、左手に持った紙の束になにやら熱心に書きつけている。

「なにをしているのだ」

近づきながら、伊織が言った。

顔をあげた春更は、伊織と知って破顔一笑《はがんいっしょう》した。

「おや、先生でしたか。

じつは、通りに出ている看板や暖簾《のれん》の文字を書き写していましてね」

春更が帳面を見せる。

そこには、

男湯　女湯
御水飴　水あめ

志るこ餅
指物屋　さしもの所
大平　吸物　丼
印判所　伊勢屋
小間物　御櫛笄
墨筆硯問屋　高島与助
寿しや　玉鮓　庄兵衛
御袈裟衣問屋　和泉屋
地唐紙卸　丸屋彦兵衛
薬種　小西林兵衛
小道具　木屋
書肆　本屋　中村屋市兵衛

など、商家の屋号や、商品がびっしりと書きこまれている。

「ほう、戯作《げさく》の参考にするためか」

伊織が言った。

春更は筆耕《ひっこう》をして生計を立てているが、じつは戯作を書いている。

筆耕とは、作者の書いた原稿を彫師が木版に彫りやすいよう、清書する仕事である。

春更は筆耕をしながら、戯作者として名をあげようと志《こころざ》していたのだ。

「いえ、寺子屋の教材にしようと思いましてね。使えそうな材料を集めているところです」

須田町の、俗にモヘ長屋と呼ばれている裏長屋の一室で、伊織は一の日（一日、十一日、二十一日）に、住人向けの無料の診療所を開いている。モヘ長屋の持ち主である、加賀屋伝左衛門《かがやでんざえもん》の後援のおかげだった。

伊織が診療所にしている部屋は、一の日以外は空き家になっている。それに目をつけた春更は、無料の寺子屋《てらこや》を開こうとした。

対象は、幼い弟や妹の子守をしなければならないため、寺子屋には通えないでいる長屋の女の子だった。

相談を受けた伊織は賛同し、春更の趣旨《しゅし》を伝左衛門に伝えた。伝左衛門も賛成して、モヘ長屋に春更を師匠とする無料の寺子屋が実現したのである。

「ほう、『商売往来』などの往来物は教本にしないのか」

「一般の寺子屋では、平仮名《ひらがな》のいろはを終えたあと、往来物を教材にして漢字の読み書きを教えていきます。将来、商人や職人になる子、とくに男の子には、たしかに有用な知識だと思います」

「うむ、その意味では、各種の往来物はよくできている」

「しかし、わたしが教えているのは、背中に赤ん坊をおぶった女の子ですからね。平仮名の読み書きができるようになったあと、なにを教えればいいのか、わたしも考えこんでしまいましてね。

そこで、あの子たちが、あとで『手習いをしてよかった』と、しみじみ思えるというか、字が読めるのが嬉《うれ》しくなるというのか、それはどんなときだろうかと想像したのです」

「ふうむ、なるほど」

「町を歩いていて、それまでまったく意味不明だった暖簾や看板の文字が読めたらどうでしょうか。たとえば、これです」

春更が帳面の、

小間物　御櫛笄

を指で示した。

「女の子は、『こまもの　おくし　こうがい』と読め、この店が小間物屋で、櫛や笄を売っているとわかったとき、自分が読み書きができることに喜びを感じるのではないでしょうか」

「う～む、なるほど」

伊織は、春更が寺子屋に真摯《しんし》に取り組んでいることに感心した。

長屋の子守をしている女の子が、通りで看板を見て、「あら、小間物屋ね、櫛と笄も売っているのね」などと得意げにしゃべっている光景を想像すると、伊織はほほえましさと同時に、やや感動すら覚える。

「うむ、よいことだと思うぞ」

「先生は、これから診療所ですか」

「うむ、四ツ（午前十時頃）の開所だからな」

「では、文字の収集はこれくらいにして、わたしも長屋に戻ります。お供しましょう」

春更は帳面と矢立をふところに押しこむと、伊織がさげていた薬箱を手に取った。

＊

診療所には、すでに加賀屋から派遣された下女のお松《まつ》がいた。いそいそと、へっついに火を熾《おこ》している。

へっついで飯を炊《た》き、伊織に昼食を出すためである。そのほか、順番待ちの患者に茶を出すためにも、煙草盆の火入れに炭火を入れるためにも、まずへっついに火を熾す必要があった。

薬箱を手にして供をしてきた春更は、なんとなく伊織に続いて室内にあがってきた。そのまま、伊織の前に座る。

部屋の隅《すみ》に、数脚の天神机《てんじんづくえ》と紙の束や、筆、墨、硯《すずり》などが置かれている。

「天神机と文房四宝《ぶんぼうしほう》は、加賀屋が提供してくれましてね。手習いをする子供たちに負担をかけないようにと、手代《てだい》の藤兵衛《とうべえ》さんが手配してくれました」

筆、紙、硯、墨を文房四宝という。

春更はおどけて文房四宝と言ったが、要するに手習いに必要な机も文房具も、すべて加賀屋の援助だった。

長屋の子が気軽に手習いに来れるように、つまり親の負担にならないようにするという、加賀屋の心遣《こころづか》いだったのだ。

「なるべく先生の診察や治療の邪魔にならないように、隅に寄せて置いたのですが。一画を占《し》めてしまい、申しわけないです」

「いや、気にすることはない。さして邪魔にはならぬ。私はここに住んでいるわけではないからな」

長屋の路地に、豆腐《とうふ》の棒手振《ぼてふり》が入ってきた。

「とうふぃ〜い、とうふぃ〜い」

その声を聞くや、お松がはじかれるように路地に飛びだし、棒手振を呼び止めた。

昼飯の菜《さい》は、相変わらず八杯《はちはい》豆腐のようだ。

伊織はひそかに、お松は料理は八杯豆腐しかできないのではあるまいかと疑っていたが、もちろん、口にはしない。

お松が豆腐を買う姿を見ていて、伊織はふと気になった。

「そなたは独り暮らしだが、食事はどうしておるのか」

「そこです。毎日、自分でへっついに火を熾して飯を炊くのは面倒でしてね。しかも、なかなかうまく炊けないのですよ。芯《しん》があったり、やわらかすぎたりと、失敗続きで、ほとほといやになりました。

一膳飯屋《いちぜんめしや》や屋台という手もあるのですが、毎日三度三度となると、とても金が続きませんでね。

そこで、お関《せき》さんに一日分の飯を炊いてもらっているのです」

「ほう、お近《ちか》どのの母親の、お関どのか」

お関はモヘ長屋で、娘のお近とふたり暮らしだった。お近は妾稼業《めかけ》をして、母親を養っている。お近のもとに通ってくる旦那が腹上死する事件があり、伊織は呼ばれたことがあったのだ。

「はい、お関さんは毎朝、ふたりの一日分の飯を炊くらしいのですが、『ふたり分も三人分もたいして変わらないよ』ということでした。それに甘えて、わたしは頼むことにしたのです。

毎朝、お関さんが一日分の飯をお櫃《ひつ》に入れて、届けてくれましてね。もちろん、米代と手間賃《てまちん》は支払っています」

「ほう、それで、飯だけは食えるわけだな」

「朝食こそ、温かい飯ですが、昼食と夕食は、冷や飯に白湯《さゆ》か水をかけて食べます。

おかずは、たいていは古漬《ふるづ》けの沢庵《たくあん》だけですが、時には長屋に来る棒手振から金山寺味噌《きんざんじみそ》や茹《ゆ》で豆《まめ》を買ったりと、まあ、そんなものです」

春更の日々の食生活は質素そのものだったが、長屋の住人の食生活は似たようなものであろう。

ふたりが話をしていると、患者が次々とやってくるようになった。

伊織が診察や治療をはじめても、春更はいっこうに腰をあげる気配はなく、そばで熱心に見ている。

いちおう、春更は伊織の弟子ということになっている。そのため、伊織としてもなにか手伝わせたいと思うのだが、頼むことがなかった。

というより、これまで何度か手伝わせてみたが、春更の不器用さには呆《あき》れてしまった。

そのため、伊織はもう手伝わせるつもりはなかったのだ。

患者が一段落すると、昼飯の時刻だった。

「先生、お昼はどうしましょうか」

下女のお松が遠慮がちに言った。

春更の存在が気がかりらしい。

伊織が言った。

「どうだ、そなたも昼飯を食っていけばどうか」

「はあ、それはありがたいですね。では、遠慮なく」

「ただし、おかずは八杯豆腐だぞ」

「それは、それは、八杯豆腐は大好物です。それに、昼飯に温かい飯というのは、ありがたいですね」

春更は屈託《くったく》がない。

八杯豆腐は、豆腐を細長く拍子木形《ひょうしぎがた》に切って、水六杯、酒一杯、醤油《しょうゆ》一杯の合計八杯の煮汁で煮た料理である。

ともあれ、沢庵だけよりは、はるかにましであろう。

お松がさっそく用意をはじめた。

そこに、お関がひょっこり顔を出した。

「やはり春更さんは、ここで油を売っていたね。部屋をのぞいたらいないので、きっと先生のところだろうと思ったら、やはりそうだった」

「油を売るとは、とんでもない。わたしは弟子ですぞ。蘭方医術を学んでいるのです。

しかし、噂をすれば影とは、まさにこのことだ」

「あたしの悪口を言っていたのかい」

「とんでもない、さきほど先生に、お関さんの親切を物語っていたのです」

「じゃあ、その親切ついでに、煮魚のおすそわけですよ。あたしとお近のふたりでは、食べきれないものですからね。

先生の分もありますからね。

お松ちゃん、おまえさんの分もあるよ」

お関が持参した深皿を、お松に渡す。

鰯《いわし》の煮付けのようだった。

受け取ったお松は、自分の分もあると知って、嬉しそうである。

商家の食事は質素である。加賀屋でも、奉公人の昼食に魚がつくのは滅多にないに違いない。

「これは、かたじけない」

伊織と春更がともに礼を述べる。

今日の昼食は、八杯豆腐に煮魚つきとなった。

五

昼食を終え、春更が辞去しようとしたときだった。

岡っ引の辰治が、沢村伊織を訪ねてきた。

「おや、春更さん、ちょうどよかったですな」

その辰治の言葉を聞いて、いったんは腰をあげかけた春更が期待に目を輝かせた。なにか難事件が起きたに違いないと、察しをつけたのであろう。

ふたたび腰をおろしてしまった。

下女のお松がすみやかに煙草盆を出す。

挨拶《あいさつ》もそこそこに、辰治が言った。

「堂前はご存じですか」

「聞いたことがあるような気はしますが、よく知りません」

「わたしも、くわしくは知りませんが、浅草のほうでしたかね」

「まあ、おふたりには縁がないでしょうな。堂前は、浅草の岡場所ですがね」

辰治が、堂前の概略を説明した。

なかでも、堂前は切見世だけであることを強調した。

そして、切見世で起きた遊女殺しの顚末《てんまつ》を語る。

身を乗りだすようにして聞き入っていた春更が、話が終わるや、感に堪《た》えぬように言った。

「部屋の入口の戸は閉じられていた。唐紙で仕切られた両隣の部屋の遊女は、なにも気づかなかった。そして、下手人は忽然《こつぜん》として消えた……。

うーん、まさに密室です。親分、これは密室殺人ではありませんか」

「なるほど、密室ね。まあ、密室ということになるでしょうな。

わっしが実際に死体を検分したのはお米という女ですが、じつはお米の前に、お巻とお倉という女が、同じように部屋の中で殺されていましてね。お米は三人目なのです」

「三人目ですって」

春更が叫んだ。

その場で座り直し、興奮気味に言う。

「親分、連続殺人ではありませんか。うーん、連続密室殺人事件と言うべきでしようか」

「うむ、まあ、そうですな。連続密室殺人……なるほど」

辰治は苦笑している。

伊織も、春更のほとんどはしゃいでいるのに近い興奮ぶりに、やや不謹慎を感じないわけではなかった。

しかし、俄然《がぜん》、自分も興味が湧《わ》いてきたのは同じだった。

「連続殺人には違いないが、連続にもふたつの意味がある。

ひとつは、別人による遊女殺しが三件、立て続けに起きた。

もうひとつは、同一人物が続けて三人の遊女を殺した。さらに、三人は行きあたりばったりだったのか、それとも最初から三人を狙っていたのか。つまり、三人には狙われる理由があったのかどうか。とすれば、三人に共通するなにかがあったことになろう。

どちらなのかは、まだわからぬぞ」

「なるほど、殺された三人に秘められた共通点があったというのは、なかなか興味深い設定ですね」

春更はひとりで納得している。

戯作に使えると思っているのだろうか。

「親分、三人の死体の状況はどうだったのですか」

伊織の質問に答えて辰治が、自分が検分したお米、そして路地番の平内に聞かされたお巻とお倉の状況について説明する。

聞き終え、伊織が言った。

「ひとり目のお巻のとき、男は突然、後ろから背中を刺したのでしょう。しかし、致命傷にはほど遠く、お巻は向き直り、抵抗したのでしょうね。

男は恐慌《きょうこう》状態になり、滅多刺しにしたのです。そのため、お巻は胸や背中を十か所も刺され、仰向けに倒れていたのです。

当然、お巻は声をあげたはずですが、夜なので両隣の部屋には客がいました。しかし、それぞれが房事《ぼうじ》の最中だったとすれば、お巻の部屋で多少の悲鳴や物音がしても、気がつかなかったと思われます。

また、男はかなりの返り血を浴びていたはずですが、やはり夜だったので、路地を歩いていても気づかれなかったのでしょう。

ふたり目のお倉。

男は、お倉を後ろから刺したのでしょうね。そのため、お倉はうつ伏せに倒れていたのです。このときは、ほとんど悲鳴もあげなかったでしょうね。二か所も背中を刺しているので、やはり返り血を浴びていたはずですが、夜なので路地を歩いても気づかれることはありませんでした。

そして、三人目のお米。

お米が入口のほうを向いたとき、壁側に位置していた男は背後から左手でお米の口をふさぎ、右手を背後からまわして左胸を突いたと思われます。即死でしょうね。

男は、お米の身体を蒲団の上に引き倒しました。そのため、お米は仰向けに倒れていたのです。お米の胸からの血は、戸の障子にまで飛び散るほどでしたが、背後に位置していた男はほとんど返り血を浴びていないと思われます。

そのため、昼間にもかかわらず、路地を歩いても誰も不審には感じなかったのです」

「う～む、なるほど、お米を殺した男は返り血を浴びていなかったのか。それで、昼間なのに路地番も、路地を歩いている男に気づかなかったのだな」

辰治がうなずく。

春更も感心しきりである。

伊織が続けた。

「男の手口に特徴が見て取れます。

最初のお巻のときは、本人が動転し、あわてふためいていました。胸と背中の十か所近くも刺しているほどです。

ふたり目のお倉のときは、背中から二か所、刺しています。二度目なので、度胸が据わったのかもしれません。

三人目のお米のときは落ち着き払い、背後から手をまわして、心臓を刺し貫《つらぬ》いています。

さらに、お巻とお倉のときは夜でしたが、三人目のお米のときは昼間でした。犯行は回を重ねることで、巧妙かつ大胆になっています。これらを見ると、三件の殺人は同一犯に思えます。

とすれば、男はいまや自信を深めていることでしょう。このままでは、いずれ四人目が出ますぞ」

「いわば殺人鬼《さつじんき》による、連続密室殺人事件ですね。しかも、近いうちに四人目が殺されるかもしれない……」

春更はゾクゾクしているようだ。戯作の構想が浮かんだのかもしれない。

一方、辰治は苦渋《くじゅう》に満ちた顔をしている。

店頭の光吉から金をもらっているだけに、四人目の被害者が出ては面子《めんつ》丸つぶれになるからであろう。もちろん、自分が金を受け取っていることは、伊織や春更には言わない。

「しかし、別な見方もできますね。

お巻とお倉のときは夜の犯行で、財布も奪われていません。いっぽう、三人目のお米のときは昼間の犯行で、財布が奪われています。

なにか、違和感がありますね。私は、お巻・お倉殺しと、お米殺しは質が違う気がしないでもありません」

伊織は眉の間に、深い皺《しわ》を寄せている。

辰治が低くうなった。

「う～む、たしかに、お巻・お倉殺しと、お米殺しはちょいと手口が違いますな。手慣れたためなのかどうか。

先生の話を聞くと、すっきり頭の中が整理できる気がしますが、逆にますます、こんがらがってくる面もありますな」

辰治の評に、伊織は苦笑するしかない。

一方、春更は、

「う〜ん、連続密室殺人か」

と、口の中で繰り返していた。

伊織が言った。

「ところで、手がかりはまったくないのですか」

「唯一《ゆいいつ》の手がかりが、これです。さきほど話した、足軽が忘れた財布の中に入っていた印形の印影です」

辰治がふところから紙を取りだし、伊織に渡す。

受け取った伊織は一瞥して、オランダ語の文字を図案化したものではなかろうかと思った。

だが、よくよく見ると、アルファベットとは思えない。

縦にしたり、横にしたりして眺めたが、やはり判別できない。

ついにあきらめ、

「私には無理だな」

と、横からのぞきこんでいた春更に手渡す。

春更はあらためて手に取り、眺めたあと、言った。

「これは篆書《てんしょ》ですね」

「てんしょ？　なんですかい、それは」

辰治が怪訝《けげん》そうに言った。

春更が説明する。

「漢字の書体では、楷書《かいしょ》、行書《ぎょうしょ》、草書《そうしょ》が有名ですが、篆書はもっとも古い書体です。一説によると、秦《しん》の始《し》皇帝《こうてい》が定めたとか」

「ほう、さすが戯作者ですな」

辰治が感心している。

感心したのは伊織も同じだった。言葉こそ知っていたが、書体を見ても篆書とは思いつかなかったのだ。

勢いこんで辰治が言った。

「で、なんて書いてあるのですかい」

「う～ん」

うなったあと、春更は唇をへの字に引き結び、印影を睨《にら》みつけている。

そのうち、右手の人差指をしきりに動かしはじめた。筆跡をたどっているらしい。

伊織も辰治も黙って、その指の動きを見つめる。

ややあって、春更が言った。

「おそらく、『野田《のだ》』ですね」

「ほう、それを野田と読むのですか。わざわざ、難しい字にすることはねえと思うがな。それはともかく、足軽は野田某《なにがし》ということですな。

いまのところ、野田が唯一の手がかりです。野田を突き止め、尋問すれば、なにかわかる気がするのですがね。なにかを見たり聞いたりしているかもしれません。

しかし、『大名屋敷の足軽・野田』では、雲をつかむような話ですからな。江戸中の大名屋敷を、

『こちらのお屋敷に、野田という足軽はいますかい』

と尋ねてまわるわけにはいかないし。

路地番の平内も、野田が頰被りをしていたこともあって、人相はまったく覚えていないのですよ。う〜ん、どうやって野田を探すか」

辰治がうなりながら、腕を組んだ。

そのとき伊織は、長屋の住人がふたり待っているのに気づいた。

医者にとっていちばん優先すべきは患者である。しかし、ここで話を中断させるのはなんとも無念である。

それに、見たところふたりは急患ではなさそうだった。お松が出した茶を飲みながら、ふたりで呑気《のんき》に世間話に興じている。ここは、出直しを頼んでもかまわぬであろう。

「すまぬ、ちと取りこみ中でな。とくに痛みなどがなければ、もうしばらくして、また来てくれぬか」

伊織は患者に出直しを頼みながら、今日はいつもの八ツ（午後二時頃）閉所ではなく、診察・治療の終了時刻を延長せざるをえないであろうと思った。

「へい、では、しばらくして、また来ますよ」

ふたりは、あっさり帰っていく。

「親分、野田をおびきだしては、どうでしょうか」

患者ふたりが帰ったのを確認して、あらためて伊織が言った。

辰治が反問する。

「どうやるのです？」

「野田はその後、お米の件が気になり、また財布にも未練があり、そっと堂前の様子を見にきているはずです」

「なるほど、わっしのこれまでの経験からしても、人殺しをした野郎はたいてい、その後、調べの進み具合が気になり、殺しの現場に舞い戻っていますね。こっそり様子をうかがうわけでさ。素知らぬ顔で、近所の人間に、

『この騒ぎは、いったいなんだね』

と尋ねている野郎もいましたよ。あとで、その男が下手人だとわかりましたがね。

ということは、野田は下手人ではないとしても、そのあとのことが気がかりで、きっと堂前のあたりをうろついているでしょうな」

「堂前の出入口である木戸門は、四か所あるということでしたね。そこで、四つの木戸門に、

『財布を落とした覚えのある者は、申し出よ。店頭　淀川屋光吉』

という意味の告知文を書いた紙を貼るのです。

野田は一縷《いちる》の望みをいだき、申し出てくるかもしれません」

「あたりをうろついていれば、きっと野田も貼り紙に気づくはずです。

しかし、野田はかろうじて逃げだしたのですよ。それなりに用心しています。そんなに簡単には『飛んで火に入《い》る夏の虫』にはならないでしょう」

辰治は懐疑的《かいぎてき》だった。

伊織が笑って言う。

「そこですよ。ちょいと、仕掛けをするのです。まともに、『財布の忘れ物に心当たりのある者は申し出よ』などと書けば、野田もこれは罠《わな》だと察し、けっして現れないでしょう。

そこで、『路地に落ちていた財布を拾った。心当たりのある者は申し出よ』という意味のことを書くのです。

そうすれば、野田は、財布はお米の部屋に忘れたのではなく、部屋を出て歩いているときに路地に落としたのかもしれない、と考えはじめるはずです。

できれば財布は取り戻したいでしょうからね。野田は半信半疑ながら、駄目でもともとと考え、出頭してくるのではないでしょうか。

冷やかしで堂前を歩いていて、路地で落としたらしいと申告すれば、お米殺しとは無関係と言い張れるわけですから」

「なるほど、さすが先生ですな」

辰治が手のひらで膝《ひざ》を打った。

感心して、うなずいていたが、ふと疑問が浮かんだようだ。

「しかし、その文は誰が書くのですか。それなりに難しそうですぜ」

伊織がまたもや笑い、春更を見る。

「そなたに頼もう。

第一に、野田がなかば警戒しつつも、財布を取り戻す誘惑に負けるような文でなければならない。

第二に、淀川屋光吉は岡場所の店頭《たながしら》だから、読み書きはできるだろう。しかし、いわば女郎屋の元締めだ。教養や品格のほどは、ほぼ想像がつこう。いかにも、そういう男が書く文、そして字でなければならない。

どうだ、できるか」

伊織は春更について、医術の助手としてはほとんど役に立たないと見切りをつけていたが、その文章力には感服していたのだ。

春更は身分や男女、年齢、職業にかかわらず、その人間に成りきって、自在に文章を創作する才知があった。まさに戯作者の器用さであろう。

「わかりました。いかにも堂前の店頭が書いたと思える、野田を誘い寄せる文を書けばよいのですね。

はい、野田を、飛んで火に入《い》る夏の虫にしてみせますよ。夏の虫ではなく、秋の虫かもしれませんが」

春更が力強く請《う》けあった。

辰治が大きくうなずき、

「うむ、おめえさんなら、うまく書くだろうな。頼みますぜ。

そうそう、じつは、どうしても、わっしに『うん』と言わない女がいるんだがね。その女に、わっしが在原業平《ありわらのなりひら》に見えてくるような手紙を代筆してくれないかね」

と言うや、ニヤニヤしている。

伊織が言った。

「いくら戯作者でも、親分を在原業平に仕立てるのは無理ですぞ」

「先生も言ってくれますな」

辰治が笑いだす。

春更が真剣な表情で言った。

「親分、堂前の出入口の木戸門を見たいのですがね。紙を貼る柱はどんな具合か、確かめたいのです。それによって、紙の大きさや、字の大きさも考えなければなりませんから」

「じゃあ、ついでに堂前を見物しやすかい。わっしが、これから案内しますよ。路地番と顔合わせをしておくのもよいでしょう。

先生も一緒にどうです?」

誘いを受け、伊織は自分も行きたいと思った。

堂前を見学するよい機会である。辰治が一緒なら、面倒な事態に巻きこまれることもあるまい。

しかし、出直しを求めた患者が間もなくやってくるであろう。ここは患者を優先させねばならない。

さらに、引っ越しも迫っていた。

「じつは、家を引っ越すことになり、その用意もあるので、ここが終われば、すぐに下谷七軒町《したやしちけんちょう》に戻りたいのです」

「え、引っ越すのですか。どちらへ」

「湯島天神《ゆしまてんじん》の門前なのですがね。

いまの家で下男下女として奉公していた虎吉《とらきち》・お末《すえ》の夫婦が、じつは辞めることになったのです。

息子が大きな家に移り、一緒に住もうと呼んでくれたそうでしてね。虎吉とお末は、これからは孫の相手をして過ごすそうです。

それで、これを機会に、私も引っ越すことにしたのです。

かねがね、下谷七軒町は周囲が武家屋敷ばかりなので、不便を感じていました。そのため、いずれ引っ越したいとは思っていたのですがね。

たまたま湯島天神の門前に手ごろな貸家があったものですから、思いきって決めたのです」

「ほう、湯島天神の門前なら、買い物にも飲み食いにも便利ですな。

そうそう、陰間茶屋《かげまぢゃや》もありやすぜ。湯島天神門前と言えば、芳町《よしちょう》や芝神明《しばしんめい》と並んで、陰間で有名ですからな。

先生のような名医なら、痔《ぢ》の患者が詰めかけてきますぜ」

陰間は肛門性交をすることから、痔が多いという俗言《ぞくげん》があった。相変わらず、辰治の冗談は下品である。

伊織は苦笑するしかない。

「しかし、奉公人はどうするのです」

「最初は、口入屋に頼むつもりだったのですがね。

この長屋に、お熊《くま》という女が住んでいます。歳は五十前くらいですか。

行商人をしていた亭主が病気で死にましてね。息子はいるのですが、やはり裏長屋住まいで、母親を引き取る余裕はない。そこで、息子からのわずかばかりの仕送りで、かろうじて生活していたようです。私のところに治療を求めてきたことがあり、そのとき、生活に困っているらしいのは見て取れました。

大家の茂兵衛《もへえ》どのは、お熊のことを気にかけていたらしいのですが、私が引っ越すのを知り、

『住み込みの下女として雇ってやってくれませんか』

と頼んできたのですよ。

私も、お熊とは面識がありますし、大家の口添えもありますしね。口入屋を通じて見ず知らずの人間を雇うよりはいいと思い、お熊を下女に雇うことに決めたのです」

「ほう、先生も面倒見がいいですな」

「いや、面倒見がいいのは、大家の茂兵衛どのでしょう。

お熊はすでにこの長屋を引き払い、いまは下谷七軒町の私の家で引っ越しの準

備をしているはずです」

「ということは、引っ越すのはいつですか」

「明日です」

「え、明日？」

さすがに辰治も唖然《あぜん》としている。

すでに事情を知っている春吏はそばで、笑いをこらえていた。

そのとき、さきほどの患者がやってきたようである。

それを潮《しお》に、辰治と春吏は連れだって出ていった。

第二章　湯島天神門前

一

「こちらは、お医者さまですよね。怪我人です。お願いします」

格子戸を開けるや、若い女が途切れ途切れの声で言った。

沢村伊織は、その突然の訪問にいささか驚いた。

大八車で荷物を運んできた人足は、さきほど帰った。

これから伊織は、下女のお熊とふたりで、家の中に運びこまれた荷物の整理に取りかかるところだったのだ。

そんなところに、突然、患者が運びこまれてきたのである。

(なぜ、ここが医者の家と知っているのか)

まず、疑問が起きた。

まだ、看板も出していない。

蘭方医が開業するという噂《うわさ》が、すでに近所に広まっているのだろうか。

伊織が見ると、玄関の三和土《たたき》に十五、六歳の女が立っていた。

御納戸《おなんど》中形《ちゅうがた》の太織《ふとり》の着物に黒繻子《くろじゅす》の帯を締め、髪には銀簪《ぎんかんざし》を挿している。中流以上の商家の娘のようだ。しかし、いかにも異様な光景だった。

女は口で荒い息をし、気息奄々《きそくえんえん》の状態である。背中に五歳くらいの男の子をおんぶしていた。

男の子の顔面は血で真っ赤に染まり、力なくすすり泣いている。

伊織は作業を中断し、

「どうしたのじゃ」

と、急いで上框《あがりかまち》に出ていく。

女は伊織が近づいてくるのを見て、

「先生ですか、ああ、よかった」

と、後ろ向きになりながら、男の子を上框におろそうとした。

しかし、安堵《あんど》から気がゆるんだのか、下駄《げた》を履《は》いた足がもつれたのか、男の子をおろすと同時に、女も仰向《あおむ》けに倒れてしまった。

「きゃッ」

女が悲鳴をあげる。

男の子が激しく泣きはじめた。

伊織は、男の子と女を交互に見た。

とりあえず女の手を取り、引き起こして、ふたたび尋ねる。

「どうしたのじゃ、どこで怪我をした」

「男の子同士で遊んでいて、転ばされた拍子に石の角に頭をぶつけたようです」

「そなたの弟か」

「いえ、知らない子です」

伊織はまたもや状況がわからなくなった。

男の子は、花色の裏がついた松坂木綿《まつざかもめん》の、粗末な縞《しま》の着物を着ていた。着物のあちこちに接《つ》ぎもあたっている。

ふたりが姉弟《きょうだい》でないのはうなずけた。

しかし、いまは身元の詮索《せんさく》より、治療をするのが先決であろう。

「お熊、晒《さら》し木綿を用意してくれ」

「へい」

お熊は頭に埃《ほこり》よけの手ぬぐいを巻いている。

玄関先の出来事を見て、お熊も片付け作業どころではなくなったようだ。あわてて、荷物をさがし返しはじめた。

伊織は男の子を診察する。

「まず、傷の具合を診《み》よう」

頭から出血しているようだった。

前髪があるため、傷口がよくわからない。

「お熊、薬箱と焼酎《しょうちゅう》を持ってきてくれ」

「へ、へい。どこにあるのでしょうか。どれですか」

矢継ぎ早に命じられ、お熊はおろおろしている。

医者の家で下女奉公をはじめて初日である。勝手がわからないのも無理はなかった。

伊織は立ちあがりながら言った。

「よし、私が探す。

ところで、湯はあるか」

「へい、さきほどへっついに火を熾《おこ》し、お湯を沸かしています」

「よし、盥《たらい》に湯を用意してくれ」

伊織は運びこんだ荷物のなかから、薬箱と、焼酎の入った壺《つぼ》を探しだした。薬箱から、剪刀《せんとう》と呼ばれる西洋式鋏《はさみ》を取りだすと、男の子の前髪の一部を切っていく。

剪刀を使いながら、伊織が女に尋ねる。

「そなたの名は」

「繁《しげ》と申します」

「この男の子は」

「遊んでいた子たちは、亀吉《かめきち》と呼んでいたようでした。この子の頭から血が吹きだすのを見て、みな怖くなったのか、逃げてしまいまして。たまたま、あたしが通りかかったものですから、助け起こして、

『家はどこだい』

と尋ねたのですが、泣いてばかりで要領を得ないものですから、あたしも困ってしまいまして。ふと、近所の人が、

『あの空き家に、まだ若いが、長崎《ながさき》で修業した医者が越してくるそうだ』

と話していたのを思いだし、とりあえず手当てしてもらおうと思ったのです。それで、この子をおんぶして、夢中で駆けつけました。お取込み中のところを、申しわけありません」

そう挨拶《あいさつ》すると、お繁は丁重な辞儀をした。

伊織はあらためて相手の顔を間近に見た。

落ち着きを取り戻すと、必死の形相《ぎょうそう》をしていたさきほどとは、かなり印象が違う。整った顔立ちで、表情にいかにも下町の娘らしい活発さがあふれている。なにより、若さが匂《にお》いたつようだった。

「ほう、親切だな」

伊織はお繁の行為に感心した。見知らぬ男の子が怪我をしたのを見て、背負って医者のもとに駆けつけたのだ。

一方、お繁は剪刀に興味津々のようだった。

「変わった鋏ですね」

「これはオランダ語でシカールと呼び、私は長崎で手に入れた」

「長崎で修業されたのは本当なのですね」

お繁が感心しているのが、伊織はちょっと面映《おもは》ゆかった。

そこに、お熊が湯を入れた盥と、数本の手ぬぐいを持参した。

「先生、晒し木綿が見つからないので、手ぬぐいを持ってきました」

「おい、もっときれいな手ぬぐいはないのか」

「さきほどから、手を拭《ふ》いたりなんだりしてたので、汚れてしまったのですよ」

「う〜ん、これではな」

伊織は顔をしかめた。

傷口から黴菌《ばいきん》が入るのが心配だったのだ。

お繁がふところから真新しい手ぬぐいを取りだし、

「よろしければ、これを使ってください」

と、きっぱりと言う。

「そうか、では、遠慮なく使わせてもらおう」

伊織は壺の焼酎を、どくどくと盥にそそいだ。

そして、湯でうめた焼酎に手ぬぐいを浸《ひた》した。そのあと、手ぬぐいで亀吉の流血を拭き取り、傷口を確認する。

「本来であれば、蘭引《らんびき》という器具で焼酎を蒸留《じょうりゅう》するのだが、いまはそんな余裕がないので、とりあえず、焼酎と湯を混ぜあわせて用《もち》いるわけだ」

伊織は、蘭引による消毒用アルコールの作り方を説明した。

お繁はよく理解できないに違いないが、それでも熱心に聞き入っている。

髪を切り取った部分を確かめると、皮膚《ひふ》がかなり大きく裂けていた。

あとからあとから、血が噴きだしてくる。早く止血しないと、貧血《ひんけつ》で意識を失うかもしれなかった。

「頭の皮《かわ》は、針と糸で縫《ぬ》うわけにもいかぬ。包帯《ほうたい》をして血止めをするしかあるまいな」

そこに、お熊が晒し木綿を持ってきた。

「先生、見つかりました」

「よし。ただし、包帯には幅が広すぎるな」

「半分に裂けばよろしいですか」

お繁が言った。

そして、晒し木綿を手に取るや、端《はし》を歯でくわえておいて、指で一気に引き裂く。下町の娘らしい、いさぎよさだった。

シャー、シャー、と小気味のよい音を立てて、晒し木綿が半分の幅になった。

「よし、これを頭に巻きつけていく。そなた、手伝ってくれるか」

「はい、かしこまりました」

伊織はお繁に手伝ってもらいながら、亀吉の頭に包帯を巻いていった。

お繁は呑《の》みこみが早く、手際がいい。

感心した伊織は内心、

(春更に、お繁の爪の垢《あか》を煎《せん》じて飲ませたいぞ)

とつぶやくや、思わずふっと笑みが漏《も》れる。

「おや、どうかしましたか」

「いや、そなたのような助手がいると助かると思ってな」

「あら、では、今度からお手伝いに来てもようございますよ」

お繁がほほ笑む。

伊織は、ちょっとどぎまぎした。

そこに、襷《たすき》で袖《そで》をたくしあげ、前垂れをした女が現れた。息がはずんでいるのは、走ってきたのであろう。

「亀吉はこちらでしょうか」

「おっ母ぁ」

亀吉が叫び、激しく泣きだした。

頭を包帯でぐるぐる巻きにされた我が子を見て、母親は呆然《ぼうぜん》として三和土に突っ立っている。

伊織に手当てをしてもらったことを知り、あわてて言った。

「申しわけありません、ご挨拶が遅れました。亀吉の母親の岩《いわ》でございます。お世話になり、ありがとうございます」

「礼には及ばぬ。礼を言うなら、こちらのお繁どのだな」

「あら、おまえさんは、たしか立花屋《たちばなや》のお嬢さん」

お繁は近所では知られているようだ。商売はわからぬが、実家の立花屋も有名らしい。

伊織が、亀吉が運びこまれたいきさつを話した。

お繁も手短に、亀吉が怪我をした様子を話す。

お岩は、お繁が我が子を背負って運んだのを知り、

「立花屋のお嬢さんにおんぶしてもらい、申しわけございません」

と、恐縮しきりだった。

「手当ては終わったぞ。二、三日したら包帯を取り換えたほうがよい。遠慮なく、連れてきなさい」

お岩が何度も腰をかがめ、

「お礼はのちほど」

と言いつつ、亀吉の手を引いて帰っていく。

その後ろ姿に、伊織は声をかけた。

「謝礼など無用だぞ」

続いて、お繁に言う。

「手ぬぐいを台無しにしてしまったな。私が新しく買って返す」

「いえ、そんな必要はございません。では、あたしもこれで。お取り込み中のところ、失礼いたしました」

お繁は風のように去っていった。

*

お岩と亀吉に続いて、お繁も帰ったあと、しばらくして、お熊が玄関の付近で薄紫色《うすむらさきいろ》の布製の袋を見つけ、拾いあげた。

「おや、なんでしょうね。見慣れない物ですが」

「それは、燕口《つばくろぐち》という袋だな」

「さっきのお嬢さんが忘れたのでしょうか」

受け取った伊織が燕口の中を見ると、浄瑠璃《じょうるり》の稽古《けいこ》本らしき冊子が入っていた。

稽古本の裏表紙を開くと、

立花屋　しげ

と書かれていた。
なかなかの達筆である。
「うむ、本人の名がある。間違いないな」
中身をパラパラとめくる。
まぼろしか、深雪《みゆき》に積もる桜影《さくらかげ》、実に旦《あした》には雲となり、夕《ゆうべ》にはまた雨となる、
巫山《ふざん》の昔目《まま》のあたり、墨染《すみぞめ》が立ち姿。
仇《あだ》し仇なる名にこそ立つれ、花の莟《つぼみ》のいとけなき……

そこまでで、伊織は読むのをやめた。こういう、情緒纏綿《じょうちょてんめん》たる和文は苦手だったのだ。

常磐津《ときわづ》の『積恋雪関扉《つもるこいゆきのせきのと》』、通称『関《せき》の扉《と》』なのだが、あいにく伊織は浄瑠璃には興味がなかった。義太夫《ぎだゆう》と常磐津の区別もつかないほどである。

「三味線《しゃみせん》の稽古帰りだったのかもしれないな」

そう言いながら、伊織は足軽の野田が財布を忘れた件を思いだした。財布を忘れるのは、どういう状況だったのだろうか。

春吏は岡っ引の辰治の案内で堂前に見学にいったはずだが、その結果は聞いていない。春吏の告知文はできたのだろうか……。

「お嬢さんが取りにくるまで、預かっておきますか」

お熊に問われ、伊織ははっと我に返った。

「そうだな、ここに忘れたと気づけばいいが、途中の道で落としたと勘違いしていると気の毒だな。届けてやるか。

しかし、立花屋だけでは、わからぬな」

「あたしは、もうしばらくしたら近所に買い物に行くつもりです。どんな店があるかも見てきませんと。そのとき、人に立花屋を尋ねてみます」

「うむ、それがいいな。なるべく早く届けてやるのがよかろう」

ふたりは片付けを再開した。

＊

お熊が買い物から戻ってきた。

「先生、さきほどのお繁さんに稽古本を届けてきましたよ」

「ほう、立花屋はわかったのか」

「はい、湯島天神の参道にある、仕出《しだし》料理屋でした」

伊織が越してきた家は、参道から横に入った、新道《しんみち》と呼ばれる横丁にある。ともあれ、同じ町内には違いない。

「お繁さんは、常磐津のお師匠さんのところへ稽古に行った帰りだったそうでしてね。稽古本を落としたのは、亀吉ちゃんをおんぶしてここに来る途中だったに違いないと思い、あちこち道を探したそうですよ。

まさか、ここで落としたとは思わなかったようでした。届けてあげたので、大喜びしていましたよ」

伊織はお熊から報告を受けたあと、ふたたび荷物の整理をはじめた。

日が傾いてきたころ、玄関に商家の番頭《ばんとう》らしき男と、供の丁稚《でっち》が現れた。

「立花屋の者でございます。さきほどは、あたくしどものお嬢さんの忘れ物をわざわざ届けていただき、ありがとう存じました」

そして、番頭は丁稚をうながして、持参した六寸重箱《ろくすんじゅうばこ》をふたつ、上框に置いた。

「これは、お嬢さんがお世話になったお礼と申しましょうか」

「いや、お繁どのには、子どもの治療を手伝ってもらった。新しい手ぬぐいも駄目にしてしまったしな。私のほうが礼をせねばならぬくらいだ」

「いえ、これは旦那さまからのご挨拶でもありまして。旦那さまがおっしゃるには、

『町内に蘭方医がいるのは心強い。これから、あたしをはじめ、店の者もお世話になるかもしれぬ。お繁のことをきっかけに、ご挨拶をしておこう。いわば引っ越し祝いじゃ』

ということでして、遠慮なくお受け取りください」

なかば強引に、引っ越し祝いを渡す。

恐縮しながら、伊織は重箱を受け取った。

番頭と丁稚が帰ったあと、伊織が重箱の蓋《ふた》を開けると、中身は幕の内だった。

「ほほう」

思わず嘆声《たんせい》を発する。

円扁形《えんへんけい》の小ぶりの握飯十個と、焼鶏《やきとり》、玉子、蒲鉾《かまぼこ》、こんにゃく、焼豆腐《やきどうふ》、干瓢《かんぴょう》の六品がびっしりと詰まっていた。

引っ越しであわただしかっただけに、伊織は夕食には盛蕎麦《もりそば》の出前を頼もうかと考えていた矢先だった。

とくに、夕食の準備をしなければならないお熊にとっては、こんな嬉《うれ》しいことはあるまい。

一段落したあと、ふたりで幕の内を食べる。

まだ家の中が整理されていない状態だけに、小ぶりの握飯は気分的に食べやすい。おかずが多彩で、濃い目の味付けなのも、美味《びみ》に感じられた。

伊織は食べながら、芝居に行く人などが、こういう重箱を持参するのだろうかと思った。味はもちろんのことだが、見た目の豪華《ごうか》さで周囲を驚かせる見栄もあるに違いなかった。

「あたしは、こんなおいしい物を食べるのは、生まれて初めてですよ」

しみじみと、お熊が言った。

これまでの人生のほとんどは裏長屋暮らしであり、仕出料理屋の料理などには縁がなかったのだ。

二

春更が書いた告知文を四か所の木戸門に貼って以来、いつ連絡がくるかわからないため、岡っ引の辰治はできるだけ家にいた。

外出の際は、行き帰りには堂前の近くを歩くようにしていた。

今日も、定町廻り同心の鈴木順之助の供をして、いくつかの自身番をまわったあと、辰治はひとりで堂前に足を向けた。

路地番の平内が目ざとく辰治の姿を認め、声をかけてきた。

「親分、早かったですね」

「なんのことだ」

「ついさきほど、親分の家に知らせを走らせたのですがね」

「いや、わっしは別なところから来た。行き違いだったようだな。

なにか、動きがあったのか」

「へい、ついに財布の落とし主が現れましたよ。いま、親方の家に閉じこめています。ご案内します」

昼間なので、路地の人通りはまばらだった。

連れ立って歩きながら、辰治が言う。

「これまで何人ぐらい、来たのだ」

「けっこう来ましたよ。うまくいけば、ひと儲《もう》けできると踏んだのでしょうね。『新品の財布だった』とか、『財布には三両ほど、入っていた』とか言う、ずうずうしい野郎もいましたよ。もちろん、みな追い返しましたがね」

「今日の野郎は、本物か」

「へい、中身の金額がほぼ当たっていました。それに、財布には印形《いんぎょう》が入っていたと申したてましてね。

そこで、印形に彫られていた字を尋ねたところ、たちどころに『野田』と答えまして。

親方もこれは間違いないと見て、さっそく親分を呼びに人を走らせたのです」

「ふむ、なるほど、野田本人に違いないな」

うなずきながら、店頭《たながしら》の家にあがる。

現われた辰治を見て、店頭の光吉が言った。

「平戸藩松浦家《ひらどはんまつらけ》のご家中で、野田鉄五郎《のだてつごろう》と申されるそうでしてね」

すでに、光吉が身元は聞きだしていたようだ。

平戸藩の上屋敷《かみやしき》は浅草鳥越《とりごえ》にあり、堂前からはさほど遠くはない。日頃、野田が堂前あたりをうろついているのは充分にありえた。

辰治は内心でうなずきながら、光吉の前に引き据《す》えられている野田を見た。

拍子抜けするほど、小柄な男だった。どことなく鼠《ねずみ》を思わせる顔である。目に姑息《こそく》な光があった。

両脇に、又蔵ともうひとりの路地番がいる。ふたりで、両側から野田を拘束《こうそく》していた。

いわば囚《とら》われの状況なのにもかかわらず、野田は滑稽《こっけい》なほど胸を張り、強気の姿勢を崩していない。

「ほう、野田鉄五郎さまですか」

「きさま、何者だ。拙者は松浦家の家中で、武士だぞ。無礼は許さぬ。なぜ、拙者を足止めするのか」

「わっしは、こういう者でしてね」

辰治がふところから十手《じって》を取りだした。

懸命に平静をよそおっていたが、野田の目に狼狽《ろうばい》がある。

「正直にお答えいただければ、そのまま帰っていただきますがね。さもないと、かなり面倒なことになりやすぜ。自身番に同行を願い、町奉行所のお役人に引き渡すことになりやしょうね。

おまえさんの財布は、路地に落ちていたのではなく、実際は殺されたお米の部屋に落ちていたのです。これを、どう申し開きするのですかい」

野田の顔がゆがんだ。

辰治が追い打ちをかける。

「おまえさんはお米殺しだけでなく、堂前の遊女三人殺しの下手人として、拷問《ごうもん》されたあげく、小塚原《こつかっぱら》か鈴ヶ森《すずがもり》で獄門《ごくもん》でしょうな。

首を晒される場所は、小塚原と鈴ヶ森では、どちらがよろしいですか。おまえさんの希望は、わっしがお役人に伝えますぜ」

野田のうろたえぶりは、失笑を誘うほどである。

辰治の脅しは、野田の強気を根底から覆《くつがえ》したことになろう。

「待て、待ってくれ。遊女三人殺しとは、いったいなんのことだ。拙者は身に覚えのないことじゃ。頼む、拙者の話を聞いてくれ」

「聞いてくれとあれば、聞きましょうか。しかし、おめえさんが嘘《うそ》をついているとわかれば、すぐに打ち切り、自身番に連行します。よろしいですな。

では、お米が殺された日のことをうかがいましょうか。いや、その前に、お米は馴染《なじ》みだったのですかい」

辰治が煙草盆《たばこぼん》を押しだした。

野田は煙草入れを取りだし、煙管《きせる》の雁首《がんくび》に煙草を詰める。その指が、小刻みに震えていた。

煙草盆の火入れで火をともしたあと、野田は煙管をくわえ、フーッと煙を吐きだした。やや、落ち着きを取り戻したようである。

「あの日、八ツ（午後二時頃）前だったと思うが、路地を歩いていて、声をかけられた。見ると、以前、買ったお米という女だった。そこで、あがることにした。

二度目じゃな」

「ほう、裏を返したわけですな」

「拙者があがると、お米がすぐに蒲団を敷いた」

「ちょんの間ですから、さっそく一義《いちぎ》となったわけですか」

「まあ、そうだな。終わったあと、揚代《あげだい》を払うと、もう線香が消えそうだったので、あわてて出た。そのとき、財布をふところにおさめたつもりだったが、うっかり落としたようだ」

そのあと、野田は道で財布がないのに気づき、堂前に戻ってきた顚末《てんまつ》を語ったが、平内が述べた内容と矛盾《むじゅん》はなかった。嘘はないようである。

野田が平内をともなって戻ったとき、部屋でお米は死んでいた。

ということは、野田の次の客がお米を殺したことになろう。

「なるほど。お米はなにか、客のことで言っていませんでしたか。逆恨みをされている客がいるとか、なんとか。

あるいは、自分の財布の隠し場所についてとか。

なにか、気づいたことはありませんか」

「ほとんど話はせぬからな。なにも覚えてはおらん」

「いくらちょんの間でも、へのこを突っこんですこすこ腰を動かし、気をやって終わりではねえでしょうよ。現に、お米という名も知っていたくらいですぜ。それなりに話はしたでしょうよ」

辰治のぶしつけな質問に、野田の顔が怒りで紅潮していた。

それでも、なにか答えなければ放免されそうもないと見て取ったようである。

「そういえば、知りあいの女が堂前にいて、その女に誘われたとか言っておったな」

「その女の名は」

「知らぬ。聞いたかもしれぬが、覚えておらぬ」

「ほ〜お、そうですかい」

辰治がことさらに、ゆっくりと煙管の雁首に煙草を詰める。まだまだ尋問《じんもん》は続きそうだと思わせるためだった。

そのとき、野田が思いだしたようである。

「外に出て、路地を歩いていて、木戸門を間違えていたのに気づいた。木戸門が違うと、まったくの方向違いになるからな。そこで、お米の部屋の近くまで戻ったところで、黒縮緬《くろちりめん》の御高祖頭巾《おこそずきん》をかぶった武士とすれ違った。すれ違ったあと、妙に気になったので振り返ると、お米の部屋の前にいた」

「ほう、その侍は中に入ったのですか」

「いや、そこまでは見ていない。しかし、『お頭巾さん、寄っていきな』というお米の声が聞こえた」

しばし、沈黙が続く。

辰治が平内を見た。

「あの日、御高祖頭巾をかぶったお武家に気づいたか」

「さあ、よく覚えておりません」

「そもそも、御高祖頭巾をかぶった男など、いるのか」

「それは、ときどき見かけますね。たいていはお武家ですがね。やはり、体面があるからでしょう」

「ふうむ」

辰治は低くうなりながら、野田は嘘を言っていないと判断した。

ここにきて、御高祖頭巾をかぶった武士がにわかに浮上してきた。もう、野田から聞きだせることはあるまい。

「わかりやした。では、もう、お帰りいただいてけっこうですぜ」

辰治が言った。

光吉が財布を渡す。

「では、お返しいたします」

だが、放免するに先立ち、辰治は光吉に耳打ちしていた。

「手下に、野田を尾行《びこう》させてくんな。本当に平戸藩の上屋敷に戻るかどうか、確かめたい」

「へい、かしこまりました」

返事をしながら、光吉の表情に驚きがある。

尾行して身元を確認するなど、考えてもいなかったのであろう。岡っ引の周到さに感心していた。


野田が財布を受け取り、帰っていったあと、辰治が光吉に言った。

「当面、御高祖頭巾には気をつけたほうがいいでしょうな。わっしも、できるかぎり見張りやすが、昼も夜も詰めるわけにはいかねえ。このままだと、四人目が出かねませんぜ」

「そうですな、路地番には注意させましょう。また、女どものなかから目端の利く者を数人選んで、もし怪しい男がいれば、すぐに路地番に知らせるようにさせます」

「うむ、そうしてくんなせえ。

あと、野田の話でちょいと気になったことがある。お米は堂前の女に誘われたようだ。誘った女は誰だ」

「さあ、そこまでは存じません」

「帳簿のような物があるだろうよ。調べてくんな」

辰治の脳裏には沢村伊織の、殺された三人にはなにか共通点があったのではないかという指摘があった。

光吉は綴《と》じた紙の束を取りだしてきて、しばらく、指で繰《く》っていた。

「ああ、ありました。お米……お米は、お倉の引きで来ています」

その表情が変わり、目には驚愕《きょうがく》の色があった。

勢いこんで辰治が言う。

「お倉は、二番目に殺されたお倉か」

「へい、さようで」

「じゃあ、お倉は誰の引きで来たのだ」

「お待ちください……お倉は、お藤《ふじ》という女の引きで来ています」

「すると、一番目のお巻は、誰の引きだ」

「やはり、お藤の引きです」

「では、大本はお藤ということになるな。

　　　　——お巻
お藤
　　　　——お倉——お米
という図式になるぜ。そして、お巻、お倉、お米が殺された。これは、偶然とは思えない。

その、お藤という女に会いたい」

「残念ながら、お藤は一年ほど前に堂前から出ました。いい縁があったようでしてね」

「いま、どこにいる」

「さあ、そこまでは存じません。

てめえ、知っているか」

光吉が平内に言った。

平内が首を傾ける。

「たしか、湯島天神の近くにある、それなりの店の女将《おかみ》におさまると聞きました。それで、あたしがお藤さんに、なんの商売かと尋ねたのですが、頑《がん》として言わないのですよ。

あたしは、

『なにも隠すことはねえじゃねえか。めでたい話だ。言いなよ』

と、しつこく尋ねたのですがね。

それでも、お藤さんは、

『恥ずかしいよ。言ったら、馬鹿にされるに決まっているから』

の一点張りでしてね。

ついに、聞きだすことはできませんでした。

妙と言えば、妙でした。食べ物を売る店らしいことだけは、わかったのですがね。

そんなわけですから、店の屋号もわかりません」

「食い物を売る店で、恥ずかしいとか、馬鹿にされるというのは、ちょいと商売の見当がつかないな。しかも、屋号も知れないのではなぁ」

湯島天神の近くと言えば、沢村伊織の新居がある。しかし、伊織がその店を知っているはずはなかった。

辰治は、お藤が事件の鍵《かぎ》を握っている気がしてならなかった。

お藤に話を聞ければ、謎の解明につながるのではあるまいか。しかし、そのお藤の所在は不明である。

無念そうな辰治を見て、平内が慰《なぐさ》めるように言う。

「親分、お藤さんと親しかった女がいますから、あたしが尋ねてみますよ。ただし、わからないかもしれませんぜん」

「うむ、そうだな。では、わっしは、そろそろ」

辰治は帰り支度をする。

三

路地にたたずんでいる男に気づき、岡っ引の辰治が声をかけた。

「女を物色しているのかい」

「えっ」

ぎくりとして、春更が振り向いた。

辰治が笑いをこらえながら言う。

「おめえさん、ついに堂前で女郎買いをはじめたか」

「いえ、そうじゃありません。先日、親分とざっと歩きましたが、そのあと、いろいろと気になることがありまして。それで、この目で確かめようと思いましてね。今日、ひとりで堂前に来てみたのです。親分こそ、なにをしているのです」

「ちょいと前まで、店頭の家にいた。そうそう、これを最初に言わなくてはな。おめえさんの書いた貼り紙のおかげで、野田鉄五郎という男が網《あみ》にかかったぜ」

辰治は、野田が貼り紙を見て出頭した顚末と、さきほど店頭の家で野田を尋問して得た内容を語った。

春更は、

「ほう、そうでしたか」

と相槌《あいづち》を打って熱心に聞き入りながらも、閉じられた戸から目を離さない。

辰治は春更の視線の先を見て、言った。

「おめえさん、あの部屋を見張っているのかい」

「はい。成り行きが気になりましてね」

「あの部屋の女を仮に『甲女《こうじょ》』としましょう。いま客がいるので、甲女の部屋の戸は閉じられています。

甲女の左の部屋の女を『乙女《おつじょ》』としましょう。乙女の部屋の戸も閉じられていますが、客がいないどころか、乙女もいません。不在なのです。さきほど、戸を閉じて、どこかに出かけるのを見ました」

「ほう、どういうことだ」

「それが不思議なので、わたしは甲女の部屋を見張っているのです。ちょんの間ですから、すぐに客は出てくるはずですから」

春更の言葉が終わらないうち、戸が開いた。

出てきたのは、商家の手代らしき若い男である。

風呂敷包を首からからげている。商用で外出した機会を利用して、ちょんの間の発散をしたのであろう。夜遊びが難しい商家の奉公人には、切見世《きりみせ》は手ごろな女郎屋だった。

足早に去る客に、

「また、来なよ」

「どういうことかね」

と、中から甲女が声をかけている。

手代は何食わぬ顔で店に戻るに違いない。

戸は開け放ったままなので、甲女が蒲団をたたみ、棚にあげているのが見えた。ちょんの間は夜着《よぎ》を用いず、蒲団を敷くだけなのがわかる。

甲女が下駄をつっかけ、路地に出てきた。戸を閉じると、下駄をカラコロ鳴らしながら、路地を進む。

「どこに行くのか、つけましょう」

「小便じゃねえのか」

小声で言いながら、辰治も春更の尾行に付き合う。

しばらく歩いたあと、甲女は路地の途中にもうけてある便所に入った。辰治の想像のとおりだった。

便所の扉は半扉なので、しゃがんでいる甲女の頭が見える。ふたりは路地に立って待ち受けた。

甲女が便所から出てきた。ところが、部屋に戻るどころか、逆方向に路地をたどる。

ふたりは顔を見あわせた。いつしか、辰治の目に真剣な光がある。

路地を進んだ甲女は、木戸門から外に出た。

蕎麦、天婦羅《てんぷら》、寿司《すし》、焼いか、粟餅《あわもち》、魚の煮付け、鰻《うなぎ》の蒲焼《かばやき》などの屋台店が並んでいる。

ふたりが見ていると、甲女は天婦羅を買い、竹の葉に包んでもらう。大根おろしを添えてもらっているようだった。

竹の葉の包みを持ち、甲女は木戸門から内に戻ると、今度は店頭の家の横にある、物置のような大きな建物に入っていった。

「え、いったい、どういうことだ」

「親分、ここからのぞけます」

春更が板壁の隙間《すきま》を示した。

ふたりが隙間からのぞくと、中は台所だった。

へっついが四個ほど並び、広い座敷がもうけてある。ただし、座敷といっても畳ではなく、茣蓙《ござ》が敷き詰められているだけだった。

あちこちで、女が食事をしている。

見ていると、甲女は、数名いる下女らしき女から飯椀に飯をよそってもらい、茣蓙の一画に座った。買った天婦羅をおかずにして、飯を食べはじめる。

近くにいた女が甲女に声をかけた。ふたりで愉快そうに話をしているが、内容は聞き取れない。

「なんと、女たちはここで飯を食っていたんだな。わっしは物置にしては大きいなとは思っていたのだが」

辰治は、ようやく納得がいったという口調である。

春更が評する。

「いわば、堂前の総台所でしょうかね」

「わっしは女の部屋を見たが、畳二枚分しかない。もちろん、台所はない。飯はどうしているのだろうと、疑問だった。

これで、ようやくわかったよ」

「そうか、ここに来ていたのか」

春更は、乙女もどこかで食事と休憩をしているに違いないと思った。

そのとき、背後で野太い声がした。

「おめえさんがた、そこで、なにをのぞいているんだね」

振り返ると、手に金棒を持った路地番の又蔵がいた。

すでに顔合わせをしているため、又蔵はすぐにわかったようだ。

「親分でしたか、申しわけありません」

「気にすることはない。いまの調子で、不審な者を見張ってくれ。頼むぜ。ところで、堂前の女たちはみな、ここで飯を食うのか」

「へい、ここで飯と沢庵《たくあん》を出します。朝は、味噌汁《みそしる》付きでしてね。もちろん、金は払わなければなりませんが。

あたしらも、ここで飯を食います。

部屋に出前を取る女もいますが、いつもいつも、というわけにはいきませんから。屋台店で好きなおかずを買い、ここで飯を食うのが普通ですね。

まあ、女同士で話ができますからね。よい気晴らしになるのでしょう。

親方は、『なかなか部屋に戻らない女がいたら、追いたてろ』と言っていますがね。あたしらは見て見ぬふりをしていますよ」

「ふむ、よくわかった。ありがとうよ。

では、見張りを続けてくんな。御高祖頭巾には目を離すなよ」

辰治が又蔵をねぎらった。

木戸門から外に出ながら、辰治が春更に言った。

「四つある木戸門の外には昼も夜も、屋台店がたくさん出ている。わっしは、堂前に来る男たちが目当てだとばかり思っていたが、堂前の女たちも客だったわけだ」

「天婦羅で飯を食うなど、裏長屋の住人よりはるかに贅沢《ぜいたく》ですよ」

「女たちは日銭を稼ぐからだろうな。

それにしても、腹が減った。なにか食っていこう。わっしの奢《おご》りだ」

玉蜀黍《とうもろこし》を醤油《しょうゆ》で付け焼きにしている屋台があった。

その香《こう》ばしさに引き寄せられるように、ふたりは屋台に向かう。

「それで、おめえさん、なにかわかったのかい」

玉蜀黍を立ち食いしながら、辰治が言った。

一方、春更は最初、ためらっていた。幕臣の家に生まれただけに、幼いころからのしつけで、立ち食いは禁じられていたのであろう。

だが、思いきって玉蜀黍をひと口、かじった。あとは、もう平気である。

口の中に玉蜀黍の粒を入れたまま、しゃべりだした。

「親分、密室殺人の謎が解けた気がします」

「ほう、どういうことかね」

「部屋の戸が閉じているのは、客がいる証《あかし》と思っていました。しかし、女が外出のときも、戸は閉じていることがわかりました。

つまり、戸が閉じられているのは、ふたつの場合があるわけです」

「うむ、たしかにそうだな。わっしも目から鱗《うろこ》が落ちる気がしたぜ」

「そして、女は部屋を出る際、便所ならすぐに戻るでしょうが、食事をすれば、かなりの間、不在になります。殺人鬼は、ここに目をつけたのです」

「で、どうやったのだね」

「さきほどの甲女と乙女の部屋で考えてみましょう――。

御高祖頭巾をかぶった殺人鬼は路地を歩いていて、乙女が外に出てくるのに気づいたのです。そっとあとをつけると、食事に行く様子。

殺人鬼は、ほくそ笑みます。

(これで、しばらく戻ってこない)

そして、乙女の部屋の近くでぶらぶらしていたのです。

殺人鬼が見ていると、隣の甲女が客を引きこみ、戸が閉じられました。そこで、殺人鬼は乙女の部屋の戸を開き、中に入りこむや、戸を閉じたのです。

仕切りは唐紙《からかみ》一枚ですから、甲女と客の様子は手に取るようにわかったはず。しかも、ちょんの間ですから、すぐに終わります。

客が帰ったのを見すまし、殺人鬼は唐紙を開けて隣室に躍《おど》りこみます。そして、刃物で甲女を刺し殺したのです。

殺したあとは、乙女の部屋に戻り、唐紙を閉めます。

そして、素知らぬ顔で乙女の部屋から路地に出るや、戸を閉め、殺人鬼はすみやかに去ったのです。

しばらくして、乙女は戻りましたが、部屋に変わったことは、なにもありません。隣の甲女が殺されているなど、夢にも思わなかったはずです。

また、路地を歩く男たちも、甲女の部屋の戸が閉じているので、客がいるのだと考え、素通りします。

とくに夜の場合、戸が長時間にわたって閉じていても、路地番は甲女には泊まり客がいるのだと思い、不審には感じませんでした。

翌朝の四ツ（午前十時頃）になり、路地番が戸を開けてみると、甲女は血まみれで倒れていた。しかも、隣室の乙女はなにも気づかなかった……。

――密室殺人の真相は、こうではありますまいか。要するに、殺された女の部屋でなく、隣の部屋に謎を解く鍵があったのです」

自分の推理に高揚し、春更の頰《ほお》はやや紅潮している。

熱弁に圧倒された辰治は、

「さすが戯作者《げさくしゃ》ですな」

と、妙な感心をした。

「御高祖頭巾の男は路地を歩きながら、女が飯を食いにいくのを待っているのです」

「なるほど」

辰治はなにか違和感があったが、どこと問われても指摘できないもどかしさがある。ふと、沢村伊織に判断させてはどうかと思った。

「ところで親分は、湯島天神門前の先生の新居には行きましたか」

「いや、まだですな。今日の野田鉄五郎の件もあるので、明日あたり、訪ねてみるつもりだ」

「では、わたしも明日、行きますよ」

春更は張りきっている。

自分の推理を伊織に披露したくて、うずうずしているようだ。

四

「おや、治療中でしたか」

岡っ引の辰治が玄関の三和土に立ち、お岩と亀吉の姿を見て言った。

沢村伊織は、亀吉の頭に巻いた包帯を取り換えたところだった。

「ちょうど終わったところです。どうぞ、あがってください」

親子が礼を述べて帰るのと入れ替わりに、辰治があがってきた。

三和土をあがったところは八畳の部屋で、ここが待合室であり、診察室でもある。

八畳の左に隣接して四畳半の部屋があるが、伊織の寝室であり、書斎でもあった。

八畳の奥に、畳六枚分の広さの板敷の部屋があり、台所だった。台所の左に便所があり、右手には二階に通じる急勾配《きゅうこうばい》の階段がもうけられている。

二階の部屋のほとんどを医術関係の器具や書籍が占めていて、薬簞笥《くすりだんす》もここに置かれている。畳二枚分ほどの区画が、下女のお熊の寝室だった。

「ほう、三味線が聞こえてきますな」

辰治が目を細める。

お熊がさっそく、煙草盆と茶を出した。

「隣に、囲者《かこいもの》が住んでいるようです。ときどき、ああやって三味線を弾いていますよ」

「ほう、湯島天神の門前ともなると、粋《いき》ですな」

「まあ、下谷七軒町とはだいぶ雰囲気が違いますね。ところで、堂前の件は、どうなっていますか」

「それを、お伝えにきたのですがね」

辰治が一部始終を物語る。

伊織はじっと聞き入っていた。

「まあ、そんなわけでしてね。それにしても、春更さんの文は効果絶大でしたな。野田鉄五郎はまんまと引っかかりましたよ。

野田が平戸藩の足軽なのは間違いありません。店頭の光吉の手下が尾行して、野田が平戸藩の上屋敷に入るのを確かめたのです。屋敷内の足軽長屋に住んでいるのでしょうな。

ともあれ、野田を取り調べることで、御高祖頭巾の男と、お藤という女の存在が浮かびあがってきたわけです」

いつしか、春更がそばに座っていた。

辰治の話の腰を折らないよう、無言の挨拶をして、家の中にあがってきたのである。

気づいたお熊が、やはり黙って春更に茶を出した。ふたりはモヘ長屋の住人だっただけに、知りあいである。おたがい、顔を見あわせて笑っていた。

「わっしの話は以上ですがね。

春更さんがぜひ、言いたいことがあるようですぜ。連続密室殺人の謎を解明したそうですから」

ニヤニヤしながら辰治が春更を返り見る。

待っていましたとばかり、春更が自説を語りはじめた。

殺された女の、隣の部屋に殺人鬼が潜んでいたのだと説明する。殺人鬼は、女が食事に出かけるのを待ち受けていたのだ、と。

やはり伊織は黙って聞き入っている。

「わかってしまえば、簡単なからくりだったと言えるでしょうね」

春吏が話を締めくくった。

やや得意げである。

聞き終えた伊織が、やおら口を開いた。

「なかなかおもしろい。しかし、戯作のおもしろさだな。そなたの推論には大きな穴がある」

「えっ、どういうことでしょう」

「殺人鬼が乙女が出かけたのを見極め、そっと部屋に入りこみ、隣室の甲女と客の様子をうかがうところまでは妥当《だとう》だ。

しかし、事を終えた客が帰ると、戸は開けっ放しのはずではないか。

殺人鬼が隣室から躍りこんで甲女を襲えば、路地から丸見えになるぞ。

その後、甲女の部屋の戸は朝まで閉じていたようだが、誰が閉じたのか。殺人鬼は甲女を殺したあと、戸を閉じ、乙女の部屋に戻ったのか」

「あっ」

春吏は自分の推論の欠陥《けっかん》に気づき、呆然としている。

辰治が手を打って笑いだした。

「なるほど、さすが先生ですな。

わっしも昨日、春更さんに聞かされ、なるほどと感心しつつも、どこか納得のいかないところがあったのですよ。頭がもやもやすると言いましょうかね。

ようやく、わかりました。客が帰ったあとは、戸は開いているはずですな」

「たしかに、そうですね」

春更は気の毒なくらいしょげている。

よほど自分の推理に自信があったのであろう。

「おいおい、春更さん、そう、がっかりすることはねえぜ。

戯作では、客が帰ったあと、甲女が自分で戸を閉めたことにすれば、いいじゃねえか。そうだな、便所に行くのが面倒なので、部屋の中でおまるを使って小便をするというのはどうだね。

甲女が尻《けつ》をまくり、おまるにまたがってシャーッとやっているところに、唐紙を開けて殺人鬼が飛びこんでくるわけだ」

辰治が茶化した。

春更はなんとも情けなさそうに笑うだけである。

ともあれ、解決に一歩近づいたかと思われたが、けっきょくなんの進展もなかった。

辰治が最後に念を押す。

「御高祖頭巾は路地番が見張っています。

もうひとつは、お藤という女です。湯島天神の近くで、人に知られると恥ずかしい食べ物屋をやっているというのですがね。

先生は心当たりはありませんか」

「私も引っ越してきたばかりですからね。まったく、心当たりはありませんね。

ともあれ、心がけておきますが」

伊織はそう答えるしかなかった。

＊

辰治と春更が帰ったあと、伊織はじっと考え続けた。

嫁《とつ》ぐ女が、「恥ずかしい」とか「馬鹿にされる」とかの理由で、人にあきらかにしたがらない商売とは、いったいなんであろうか。食い物を扱う店で、しかも湯島天神の近くだという。

伊織は門前町を歩いてみようかと思った。先日、須田町の通りで春更が屋号や商品名を採録《さいろく》していたのを真似て、看板や暖簾《のれん》を眺《なが》めていくのだ。

しかし、あまりおおやけにしたくない売り物であれば、そもそも看板や暖簾に大きく記していないであろう。

ふと思いついて、お熊に声をかける。

「人に知られたくないので、こっそり食べる食い物は、なんだと思うか」

「さあ、なんでしょうね。

そういえば、あたしは田舎の百姓の家の生まれなのですが、こっそり蛇《へび》を食っているのではないかと噂されている男が、近所にいましてね。子どものころでしたが、その男が近くにくると怖くなり、走って逃げたものでした」

「ふうむ、たしかに蛇を食っていたら、人に知られたくないであろうが。そもそも、食用として蛇を売る店などあるまい」

伊織はつぶやき、腕組みをする。

ふと、張方《はりかた》などの性具や、長命丸《ちょうめいがん》などの媚薬《びやく》で有名な四ツ目屋《よつめや》が頭に浮かんだ。

たしかに、性具や媚薬を売る店であれば、嫁ぐ女は人には言いたがらないであろう。人にからかわれたり、笑われたりするのは必至である。

しかし、性具や媚薬は食い物ではない。媚薬のなかには服用する物もあるが、食い物とは言えないであろう。

しかも、湯島天神の近くと述べているだけで、門前とは言っていない。意外と湯島天神からは離れているかもしれなかった。

「先生、思いだしました」

いったん台所に引っこんだお熊が、しばらくして戻ってきた。

伊織が顔をあげる。

「食い物屋か」

「はい、あたしは、死んだ亭主と所帯を持つ前、麹町《こうじまち》で下女奉公をしていたのですがね。

奉公先の旦那さまが冬になると、薬食《くすりぐ》いとやらをするのです。そのため、あたしは山鯨《やまくじら》を買いにやらされました。

そのとき、旦那さまから、

『店の名も、わしの名も、出すんじゃないぞ』

と、固く言い含められましてね。

旦那さまはあまり人に知られたくないようでした。

店に行って、あたしが、

『山鯨を何匁《なんもんめ》、おくれ』

と言うと、店の人が古傘《ふるがさ》からはがした油紙に山鯨を包み、紐《ひも》でぐるぐると結わえてくれるのです。

油紙で包むのは、血が滲《にじ》まないようにするためだそうですけどね。

紐で山鯨を提《さ》げて戻るのですが、なんとなく気味が悪かったものです。鼻にあてて嗅《か》ぐと、いやな臭《にお》いがしましてね。ずいぶんあとになって知ったのですが、山鯨は猪《いのしし》の肉だそうですね」

「うむ、猪の肉は牡丹《ぼたん》とも言うな。鹿《しか》の肉は紅葉《もみじ》と言う」

「へえ、そうなんですか。でも、あんな気味の悪い物を、なぜ食べるのでしょうね。旦那さまは、

『薬食いでな、身体の冷えを治《なお》すための薬じゃ』

とか、言っていましたが」

お熊は嫌悪感《けんおかん》をあらわにする。

伊織は長崎に遊学中、豚の肉を食べたことがあったが、お熊には黙っているこ

とにした。

「で、その旦那どのは、山鯨をどう料理して食べていたのか」

「店の台所は使わず、ご自分で火鉢《ひばち》に鍋《なべ》を乗せ、山鯨と葱《ねぎ》を味噌で味付けして煮込んでいたようでしたね。ひとりで料理し、ひとりで食べていたようです。

山鯨を売っていた店は、なんとか言いましたが……」

「けだもの屋ではないか。ももんじ屋ともいうがな」

「へいへい、思いだしました。ももんじ屋です。ももんじ屋というだけで、なんとなく薄気味が悪かったですね。

ももんじ屋には、店先に猪などが吊りさげられていましてね。あたしは見ただけで、怖かったものです」

ひとしきり思い出話をしたあと、お熊が台所に戻る。

伊織は手で膝《ひざ》を打ちたい気分だった。

（お藤の嫁ぎ先は、ももんじ屋に違いない）

ももんじ屋は、猪や鹿など四つ足の動物の肉を売り、あるいは食べさせる店である。

しかし、大多数の日本人は、四つ足の動物の肉を食べるのを忌《い》み嫌っていた。

お熊はその好例であろう。

そのため、肉食をする人間は世間の目を気にして、おおっぴらにはしなかった。猪の肉を山鯨や牡丹、鹿の肉を紅葉と隠語《いんご》で呼んだほどである。薬食いという弁解もあったくらいだった。

伊織は、鳴滝塾《なるたきじゆく》の生活を思いだす。

鳴滝塾は、シーボルトが長崎郊外に開設した医学・蘭学の学塾兼診療所である。伊織は鳴滝塾に入門すると、寄宿舎に住んだ。そして、塾生たちとしばしば豚鍋を囲んだ。

生まれて初めて豚肉を食べたとき、伊織はその臭いに気分が悪くなったものだった。四つ足の動物を食べているという、心理的な抵抗感も大きかった。

しかし、豚肉に辟易《へきえき》したのは最初だけで、伊織は次第に美味と感じるようになった。

いったん豚肉に慣れたあとは、ももんじ屋から入手した猪や鹿の肉を、みなで調理して、伊織もおおいに食べたものだった。醬油味がいいか、味噌味がいいか、むきになって議論したのは、いまとなっては懐《なつ》かしい思い出である。

だが、獣肉《じゆうにく》をおおっぴらに食べていた伊織など、鳴滝塾の塾生は例外であろう。

いまだに、多くの人々は肉食に偏見《へんけん》を持っている。

(岡場所の遊女が商家の主人の女房に迎えられるのは、いわば玉《たま》の輿《こし》であろう。しかし、その商家はももんじ屋だった。お藤の気持ちは複雑だったに違いない。自慢したい気分と、触れてほしくない気分と……)

伊織は、お藤が嫁ぎ先の商売を言いたがらなかったのが理解できる気がした。

ともあれ、お藤は湯島天神にほど近い、ももんじ屋の女将になっているに違いない。

では、どうやって探すか。

(そういえば、つい最近、鶏《とり》の肉を食ったな)

伊織は引っ越してきた日、立花屋から届けられた幕の内の重箱を思いだした。幕の内の中に、焼鶏があった。

(そうだ、仕出料理屋であれば、ももんじ屋から獣肉を仕入れることもあろう。立花屋で聞けば、わかるはずだ)

伊織は重箱の礼も兼ね、立花屋を訪ねることにした。その際、お繁に新品の手ぬぐいを買って返すつもりだった。

五

湯島天神の参道には料理屋が多い。入口を幇間《ほうかん》や芸者、陰間が出入りし、二階座敷からは三味線の音色《ねいろ》や笑い声など、宴席のにぎわいが伝わってくる。

ところが、立花屋には芸人などの出入りはないし、宴席のにぎやかさとも無縁だった。料理屋と言っても、立花屋は仕出料理屋だからであろう。

表の戸はすべて外され、広い台所が道から見える。

板敷の台所ではいましも、男の料理人が俎板《まないた》の上で鯛《たい》をさばいていた。すぐ横では、下働きの女が擂鉢《すりばち》の中の物を、擂粉木《すりこぎ》ですりおろしている。

背後の棚には大皿や鉢が並べられ、棚の横には大きな蝶足膳《ちょうあしぜん》が置かれていた。

この蝶足膳に料理を満載し、宴席に届けるのであろう。

通りにまでただよってくるのは、食欲を刺激する煮魚の匂いである。へっついの鍋で魚を煮ているに違いない。

入口に掲げられた看板には、

御婚礼向仕出シ仕候
御料理
立花屋

と記されている。

沢村伊織は道に立ち、看板で屋号を確かめた。

（御《ご》婚《こん》礼《れい》向《むけ》仕《し》出《だ》シ仕候《つかまつりそうろう》……か。婚礼の祝宴向けの仕出しもしているようだな）

ふと、吉原の光景を思いだした。

伊織は長崎から江戸に戻ったあと、しばらく吉原で開業していた。

吉原では、仕出料理屋は台屋《だいや》と呼ばれていた。

台屋の若い者が、台《だい》の物《もの》と呼ばれる豪華な仕出料理を妓《ぎ》楼《ろう》の宴席に届ける。その際、若い者が蝶足膳を頭の上に乗せて歩いているのは、見慣れた光景だった。

（台の物は見かけだけで、たいしてうまくないと聞いたが。いや、立花屋の仕出料理を吉原の台の物と一緒にしては失礼だろうな。現に、先日の幕の内はうまかった）

伊織はクスリと笑ったあと、土間に足を踏み入れた。

「いらっしゃりませ」

　さっそく、番頭らしき男が声をかけてきた。

　見ると、重箱を持参した男だった。

「おや、先生」

「先日は、馳走《ちそう》にあずかりました」

「いえ、とんでもございません」

「ところで、お繁どのの手ぬぐいを台無しにしてしまいましてね。これを、お繁どのにお渡しくださ い」

　伊織は、参道にあった店で買った手ぬぐいを番頭に託す。

　番頭は手ぬぐいを受け取りながら、

「お嬢さんは、奥にいると思います。お呼びしましょうか」

　と、背後を見て、いまにも声をかけそうである。

「いや、呼ばなくてけっこうです。じつは、ちと教えてもらいたいことがありましてね」

「へい、なんでしょう」

「湯島天神の近くというだけで、門前町なのかどうかはわからぬのですが、近くにももんじ屋はありますかな」

「ももんじ屋は湯島三組町《みくみちょう》に、大橋屋《おおはしや》という店がございます」

「こことも取引はあるのですか」

「あたくしどもは牡丹や紅葉は扱いませんが、鴨《かも》などは料理します。これから寒くなってまいりますので、大橋屋から鴨を仕入れますよ」

伊織は、女将の名はお藤かと尋ねようかと思ったが、改名していることも考えられるため、やめておいた。女将の名まで穿鑿《せんさく》したら、疑念を抱かれるかもしれない。

「その大橋屋には、どう行けばよいですかな。湯島三組町と言われても、まだこのあたりには疎《うと》いものですから」

「あら、大橋屋に行くのですか」

そう言いながら、奥から台所に出てきたのはお繁である。

伊織の声が聞こえたようだ。

「大橋屋なら、よく知っていますよ。なんなら、ご案内しましょうか」

「それはありがたいが、そなたはなぜ、ももんじ屋に……」

伊織は語尾《ごび》を濁《にご》した。

猪や鹿の肉をお繁が食べているのを想像し、思わず顔をまじまじと見てしまう。

お繁は相手の誤解がわかったのか、快活に笑った。

「大橋屋の娘のお袖《そで》ちゃんは、友達ですから。同じ常磐津のお師匠さんのところで三味線の稽古をしているのです」

「ああ、そうだったのか」

納得しながらも伊織は、お袖の母親が女将だとすると、一年ほど前に堂前を去ったお藤では年齢的に合わないと思った。しかし、念のために尋ねる。番頭よりはお繁のほうが質問しやすかった。

「大橋屋の女将は、お藤という人か」

「いえ、お才《さい》さんです」

名は違った。ちょっと落胆した。

しかし、改名していることは充分に考えられる。

「お才か。そなたの友達の母親となれば、かなりの年齢だな」

「いえ、お才さんは後妻ですから。二十七、八歳くらいですよ。

お袖さんのおっ母さんが亡くなったので、お女郎さんをしていたお才さんが後妻に迎えられたのです。お袖ちゃんにとっては継母《ままはは》ですけどね」

お繁はけろっとしている。

友人の継母が元遊女だという事実をあけっぴろげに話すのには、むしろ伊織のほうが驚いた。

「元遊女なのを知っているのか」

「ええ、お袖ちゃんが言っていましたから」

またもや、伊織は驚いた。

お繁とお袖のあいだでは、ごく普通の会話だったのであろう。

少なくともお繁やお袖には、遊女に対する蔑視《べっし》や偏見は皆無《かいむ》のようだった。

「お女郎さん」という表現には、親しみすら感じられる。まさに下町娘の感覚なのだろうか。

「どこでお女郎さんをしていたかは、知っているか」

「いえ、そこまでは知りませんけど」

さすがに、堂前までは聞かされていなかったようだ。

(しかし、ほぼ確実だな)

伊織は内心でつぶやく。

堂前のときはお藤と名乗っていた女が、いまはお才と呼ばれているに違いない。

「では、案内を頼もうか。大橋屋を訪ねる理由は道々、話そう」

伊織はたとえお藤を探しあてても、口を開かせるのは困難であろうと予想していた。岡っ引のように十手の権威を振りかざし、しゃべらせることはできないからだ。

しかし、お繁がいれば、さほど苦労なく、お才ことお藤から話が聞きだせる気がした。

＊

伊織の話を聞き終えると、歩きながらお繁が言った。

「でも、お医者さまが、どうしてそんなことを調べているのですか」

その率直で鋭い質問に、伊織もたじたじとなる。

ここは変に誤魔化《ごまか》さないほうがよいと考え、伊織は町奉行所の役人の検使に協力を求められたのがそもそものきっかけで、その後は、岡っ引から相談を受けることも多いのだと述べた。

「堂前の事件には謎が多い。そこで、謎を解きたいと考えた」

「へえ、謎解きですか。おもしろそうですね。では、あたしもお手伝いします」

「いや、これは危険もあるので」

伊織が相手の軽率を戒《いまし》めようとしたところで、お繁が言った。

「大橋屋はここですよ」

店の入口の腰高障子《こしだかしょうじ》は外して、横に立てかけられている。その障子に、

ぼたん
もみじ
御すいもの
御なべやき

と書かれていた。
猪や鹿の肉を売るだけでなく、店内で吸物や鍋焼にして食べさせることもしているようだ
腰高障子を外した入口は、半分くらい葦簀《よしず》で隠されていた。
「入りましょ」

お繁は葦簀を片手でずらし、中に入る。

続いて土間に足を踏み入れた伊織は、葦簀の陰《かげ》に猪が吊《つ》るされているのを見て、一瞬、ギョッとした。

壁には鴨らしき鳥と、伊織が見たこともない小動物が吊りさげられていた。

「小母《おば》さん」

「おや、お繁ちゃん。お袖かい」

「いえ、今日は小母さんに用があるの」

応対するお才は細面《ほそおもて》だが、身体は丸々としていた。

太ったのは、ももんじ屋に嫁いでからなのか、その前からなのかはわからない。青梅縞《おうめじま》の布子《ぬのこ》を着て、前垂れをしていた。頭は、手ぬぐいを姉さんかぶりにしている。

ちらと、不審そうな目で伊織を見る。

「こちらは、門前に越してきたばかりのお医者さま。長崎で修業されたそうよ。小母さんに聞きたいことがあるんだって」

「なんでしょうか」

「失礼だが、ちと事情があるので、単刀直入に尋ねる。気を悪くしないでほしい。

そなたは昔、藤と名乗っていたか」

「へい、そうですが」

「そのころの話を聞かせてもらいたいのだが、ここではしゃべりにくいというのであれば」

伊織は店内を見渡す。

床几《しょうぎ》が二脚置かれ、奥は座敷になっていた。たまたま客はいなかったが、奉公人の前ではしゃべりにくいであろう。

「小母さん、店の外で話すのはどう。道で立ち話だけど」

「そうだね。

じゃあ、ちょいと頼んだよ。すぐ近くにいるから、なにかあったら呼びな」

お才が、女中らしき奉公人に声をかけた。


「堂前のことですか」

店の外で向きあうや、お才が言った。

目に敵意のような光がある。遊女時代のことを聞きたいと言われ、警戒しているのであろう。

伊織は淡々と言った。

「堂前にいた、お巻と、お倉という女を知っておるか」

「へい、知っていますが」

「ふたりとも殺された。堂前の部屋の中でだ」

「え、殺された……。

あたしはなにも知りませんよ。あたしは堂前を出てから、ふたりには会っていませんJ」


お才が憤然《ふんぜん》とした。

自分が疑われていると誤解したようである。

すかさず、お繁が助け舟を出す。

「小母さん、こちらの先生は、お奉行所のお役人や、岡っ引の親分も頼りにしている方なんですよ。お上《かみ》のお調べなんですから」

「岡っ引が調べを進めているが、まだ誰の仕業《しわざ》なのかはわかっていない。

そなたも商売をやっておるから、岡っ引が店に押しかけてくるのは迷惑であろう。そこで、たまたま近所に越してきた私が、岡っ引の代わりに来た。そんなわけだ。

けっして、そなたを疑っているわけではない。また、そなたに迷惑もかけない。お巻とお倉がなぜ殺されたのかは、ふたりが堂前に来る前、なにをしていたのかが関係しているようなのだ。それで、そなたに尋ねている。

知っていることを教えてくれぬか」

お才もようやく得心したようである。ちらと店のほうを見たあと、言った。

「へい、ようございますが、なにを知りたいのですか」

「そなたが、ふたりを堂前に引っ張ったのだな」

「あたしは堂前の前は、山下《やました》の楊弓場《ようきゅうば》で矢場女《やばおんな》をしていました。お巻さんとお倉さんも矢場女だったのですよ」

伊織はアッと叫びそうになったが、平静を保《たも》つ。

やはり、殺されたふたりの経歴には共通点があった。性急にならないよう、慎重に質問する。

「なんという楊弓場か。つまり、屋号だが」

「屋号は鳥海《とりうみ》といいましてね、旦那の名は忠次《ちゅうじ》。この旦那が、底意地が悪くって、口やかましくって、おまけにけちでしてね。それで、あたしはつくづく嫌気《いやけ》がさして、矢場女を辞めて、堂前に移ったのですよ。

そのあと、あたしはいまの亭主と所帯を持つことになって、堂前を出ましたからね。それ以来、お巻さんにもお倉さんにも会っていません」

伊織は以前、山下の楊弓場で起きた殺人事件にかかわったことから、矢場女が事実上の娼婦《しょうふ》であるのを知っていた。山下の矢場女から堂前の遊女に転身するのは、ほとんど抵抗はなかったに違いない。

「そなたが堂前にいるころ、お巻とお倉を誘ったのか」

「へい、お巻さんとたまたま、道でばったり会いましてね。ちょいと立ち話をしたのですよ。

お巻さんも、旦那の忠次さんがつくづくいやになったとかで、鳥海を辞めたいと言っていたものですから、あたしが、

『じゃあ、堂前に来なよ。鳥海にいるより、よっぽど気楽で、もっと稼げるよ』

と、誘ったのです。

お巻さんに聞いて、今度はお倉さんがあたしに相談にきたものですから。あたしが店頭の光吉さんに引きあわせたのです」

「なるほど、お巻とお倉が堂前に来たいきさつはわかった。

では、お米という女はどうか。やはり、堂前の部屋で殺された。お倉の引きで

堂前に来たらしいのだが」

「お米さん……。

さあ、あたしは知りません。鳥海の矢場女には、そんな女はいなかったですね。鳥海とは無関係の、お倉さんの知りあいではないでしょうか」

「お巻とお倉のほかに、そなたが堂前に紹介した女はいるか」

「いません。お巻さんとお倉さんだけです」

「なるほど。すると、お米は別として、お巻とお倉という、そなたが堂前に紹介したふたりの女が殺されたわけだ。なにか、心当たりはないか。ふたりを恨んでいる人間と言うか」

「そこまでは知りません。でも、恨んでいるというより、怒り狂っていた人はいたでしょうね。鳥海の主人の忠次さんです。妙に執念《しゅうねん》深い男でしたからね。

いいえ、忠次さんがふたりを殺したと言っているのではありませんよ」

おオがあわてて弁解する。

伊織はふと疑問が芽生えた。

「その忠次とやらは、鳥海を辞めたお巻とお倉が堂前にいるのを知っていたのか」

「さあ、それはわかりませんが、なにかのきっかけで、ふたりが堂前にいるのを知ったら、カーッとなったかもしれません。逆恨みをする男でしたから」

そこまで言って、お才はハッと気づいたようである。

忠次が怒りを募《つの》らせているとすれば、お巻とお倉を引き抜いた自分にも難が及ぶに違いないと、わかったのだ。

お才が震え声で言った。

「あたしも狙《ねら》われているのでしょうか」

「まだ、それはわからぬ。そもそも、忠次がふたりを殺したとわかったわけではないぞ。あくまで、お巻とお倉がかつて、鳥海で矢場女をしていたのがわかったにすぎない。

しかし、用心するに越したことはあるまいな。

さいわい、そなたは忠次の顔を知っている。忠次を見かけたら、けっしてひとりきりにならないほうがよかろう。

また、私に知らせてくれてもよい。私の家は、お繁どのが知っている」

「へい、気をつけます。いざというときは、お繁ちゃん、頼むわよ」

「はい、わかりました。

でも、男に恨まれるなんて、すごいわ。男が殺したいほど女に恨みを募らせるなんぞ、お芝居の世界だと思っていたけど、本当なんですね。小母さん、すごい」

「お繁ちゃん、馬鹿を言うんじゃないよ。忠次って男を知らないから、そんな気楽なことが言えるんだよ」

お才がお繁に説教をはじめる。

伊織はそろそろ打ち切ることにした。

「いろいろと、かたじけなかった。鳥海の主人の忠次についても、調べてみるつもりだ。もちろん、そなたの名は出さぬ」

礼を述べながら、伊織の脳裏にはほぼ確信ができていた。

連続殺人事件には違いない。しかし、お巻・お倉殺しと、お米殺しはやはり別物なのではあるまいか。

たまたま連続したため、同一犯と考えてしまったのかもしれない。

となると、これまでとは違った対応が必要なのではなかろうか。

「先生、これからどうするのです」

お繁に問われ、伊織はハッと我に返った。歩きながら、考えに没頭《ぼっとう》していたのだ。

「鳥海の主人の忠次をどう調べるか、とりあえず、協力している岡っ引に相談するつもりだ」

「そうですか。じゃあ、そのあとどうなったか、教えてくださいね。

そうだわ、常磐津のお稽古の帰りに、先生のところに寄ります。そのとき、お手伝いできることがあれば、やりますからね」

伊織の返事も待たずに、お繁がどんどん決めていく。

いつしか、伊織の家に自由に出入りすることになってしまった。

第三章　山　下

一

「山下の鳥海という楊弓場《ようきゅうば》を探《さぐ》ってきましたぜ」

岡っ引の辰治が言った。

沢村伊織が一の日に開所している、須田町のモヘ長屋の診療所である。

ももんじ屋の女将《おかみ》のお才から得た内容を、伊織がつい先日、辰治に伝えた。それを受け、辰治はさっそく山下の鳥海を内偵《ないてい》した。その報告に、モヘ長屋の診療所にやってきたのだ。

診療所は八ツ（午後二時頃）までだが、九ツ（正午頃）の鐘《かね》が鳴ってすでにだいぶ経っていた。また、最後の患者が帰ってからは、あらたに診察を求める住人は来ていない。

ちょうど暇《ひま》だったため、伊織は辰治の応対をする。そばには、春吏もいた。一の日、春吏はほとんど伊織のところに入りびたりだった。診察や治療を見学し、いろんな質問を投げかけてくる。このところの話題は、もっぱら堂前の連続殺人の謎だった。

伊織が言った。

「なにかわかりましたか」

「山下には楊弓場は何軒かありますが、鳥海は流行《はや》っていないようです。いつ潰《つぶ》れてもおかしくないというのが、もっぱらの噂《うわさ》です。

鳥海は矢場女が居つかないようでしてね。次々に辞めてしまうので、主人の忠次は怒って、当たり散らす。矢場女はますます嫌気《いやけ》がさし、辞めていく。まあ、そんなところでしょうな。

それと、忠次が下谷同朋町《したやどうぼうちょう》の長屋に住んでいることまでは、調べがつきましたよ」

「で、これから、どうするのですか」

「ここまできたら、忠次の野郎に直接、あたってみるべきでしょうな。これから、行こうかと思っていましてね」

「では、私も行きましょう。ここは八ツまでですから、それまで待ってください。ところで、山下と下谷同朋町と、どちらから先に行くのですか」

「ここ須田町からだと、まず下谷同朋町に行き、それから山下に行ったほうが無駄がないですな。

それに、日が暮れるまでは、忠次は山下の鳥海にいるはずです。下谷同朋町の長屋には、昼間は女房だけです。まず女房にあたってみましょう。なにも知らないかもしれませんがね。

ところで、春更さん、おめえさんは、どうするね」

「もちろん、行きます。先生が行く以上、弟子《でし》のわたしはお供をしませんと」

春更が勢いこんで言う。

あらためて問われたのが、やや心外なようだ。

しばらく考えたあと、辰治が言った。

「おめえさん、武家のいでたちをしてくれねえか。これは岡っ引の勘だが、忠次という野郎は手強《てごわ》いかもしれない。

武家姿のおめえさんと岡っ引のわっしが一緒だと、相手はおめえさんを町奉行所のお役人と勘違いするからな。そこが付け目だ」

春更はいまでこそモヘ長屋に住み、筆耕《ひっこう》で暮らしを立てているが、本来は幕臣の家の生まれであり、本名は佐藤鎌三郎《さとうかまさぶろう》という。

もちろん、町人として生きていく覚悟をしていたが、いざというときのため羽織袴《はおりはかま》と両刀は柳行李《やなぎごおり》に入れ、保管していたのだ。

「では、急いで着替えをしないと」

「八ツまでに着替えてきてくんな」

春更があわてて、自分の部屋に戻っていく。

伊織は春更の後ろ姿を見ながら、辰治が訪ねてきたのがモヘ長屋でよかったと、ちょっと安堵《あんど》した。もし、湯島天神門前の家のほうだったら、お繁が押しかけてきていたかもしれない。

（あの調子だと、『あたしも行きます』と言いだしかねないからな。それに、きっと辰治のことだ、おもしろがって、

『ほう、お嬢さんがいると、なにかと助かりますよ』

と、そそのかしかねないからな）

想像しながら、伊織は苦笑を浮かべた。

八ツの鐘を聞いてから、須田町を出た三人は、筋違橋《すじかいばし》を渡って神田川を越えた。先頭は、羽織袴で、腰に大小の刀を差した春更である。続く伊織と辰治は、春更の供に見えた。

伊織は黒羽織を着ているが、袴はつけない着流し姿だった。足元は草履《ぞうり》に白足袋《しろたび》で、杖《つえ》を手にしている。

辰治は縞《しま》の着物を尻《しり》っ端折《ぱしょ》りし、紺《こん》の股引《ももひき》を穿《は》いていた。足元は黒足袋に草履である。

歩きながら、辰治が伊織に言った。

「堂前のほうの様子をお知らせしましょう。

路地番たちが女にいろいろ聞き込みをしたのですがね。お巻が殺されるちょいと前だったらしいのですが、女のひとりが男から、

『山下で矢場女をしていた女はいないか』

と尋ねられたというのです」

「ほう、どう答えたのですか」

「『知らないね』と答えたそうですがね。その女は本当に知らなかったようです」

「ということは、男は同様な質問をほかの女にもしていたかもしれませんね。男の人相などはわかったのですか」

「夜だったので、よくわからなかったとか。けっこう大柄な男だったようですがね。

　それと、足軽の野田鉄五郎が見たという、御高祖頭巾《おこそずきん》の男です」

「現れましたか」

「路地番がこれまでに三人、見かけたとか。

　そのうち、ひとりは路地をぶらついて冷やかしただけで、そのまま帰ってしまったそうでしてね。

　あとのふたりは、部屋に入り、しばらくして出てきたそうです。女はふたりとも無事だったとか。ちょんの間を堪能《たんのう》して、帰っていったわけですね」

「つまり、普通の客だったわけですか」

　伊織は、抱いている疑問がますます強まるのを感じた。

　春更が言うところの殺人鬼が三人を殺したとすれば、まったく自分が疑われていないことに自信を深め、そろそろ四人目を襲うころではなかろうか。しかし、その兆候《ちょうこう》はない。

やはり、お巻・お倉殺しとお米殺しは別人によるものであり、それぞれ男は目的を達したのではなかろうか。つまり、堂前の連続殺人事件は、すでに終結したのではあるまいか。

だが、もう殺人は起きないとしても、下手人を探す手をゆるめるわけにはいかない。

「そろそろのはずですがね」

辰治が左側を見ながら言った。

通りの右側には、下級幕臣の小さな屋敷が並んでいる。

小さな屋敷とはいえ、それぞれ敷地は板塀《いたべい》で囲まれ、冠木門《かぶきもん》などがもうけられている。ただし、なかには傾いた冠木門があり、犬が通れそうなほど裂け目ができている板塀もあった。

一方、道の左側はずっと町屋が続いている。

通りに面した商家には、人の出入りが絶えない。食べ物屋からはいろんな匂《にお》いがただよってくる。通りには行商人の行き来もひっきりなしで、あちこちで呼び声が響いていた。

「ここですな」

辰治が木戸門を指さした。

通りに面して、蕎麦屋《そばや》と髪結床《かみゆいどこ》がある。その二軒のあいだに木戸門がもうけられていて、奥に路地がのびていた。

木戸門をくぐると、辰治が、

「ちょいと、待っていておくんなさい。忠次の住まいを確かめてきます」

と言うや、大家の家に入っていった。

路地にたたずむ伊織と春更の前を、数人の子どもが駆け抜けていく。下駄《げた》の音がドブ板に反響し、けたたましい音を立てた。

路地の片隅《かたすみ》では、幼い弟や妹をおんぶした女の子がふたり、しゃがんでなにやらしゃべっている。

裏長屋の雰囲気は、どこも同じだった。

二

路地の両側には長屋が続いている。

どの家も明かり採りのため、入口の腰高障子《こしだかしょうじ》は開け放たれていた。あちこちから、赤ん坊の泣き声や、母親が子どもを叱《しか》る声が聞こえてくる。

「ここだな」

岡っ引の辰治が足を止めた。

入口の腰高障子には、

楊弓　とりうみ

と書かれていた。

その筆跡を見て、春更が小声で評する。

「けっして稚拙《ちせつ》な字ではありませんが、品位のある筆跡とも言えませんね。忠次が書いたのでしょうかね」

沢村伊織も字を見たが、品位があるかどうかはわからなかった。

「邪魔するぜ」

声をかけながら、辰治がずかずかと土間に足を踏み入れる。

土間がせまいため、とても三人の男が土間に立つことはできない。伊織と春更は路地に控えた。

土間の右横が台所で、へっついがあるようだった。土間からあがると、六畳くらいの部屋である。

上框《あがりかまち》のところで、女が縫物《ぬいもの》をしていた。入口近くまで出てきたのは、明かりを求めてであろう。辰治の闖入《ちんにゅう》に驚いて顔をあげたが、やつれが目立つ。顔色も悪かった。

「てめえ、忠次の女房のお陸《りく》だな」

「へい、さようですが」

辰治がふところから十手《じって》を取りだした。

「わっしは、こういう者だ。

こちらのお武家は、佐藤鎌三郎さまだ。佐藤さまが、てめえにお尋ねがあるそうだ。正直に答えろ」

もちろん、辰治は嘘《うそ》はなにもついていない。

しかし、お陸が春更を町奉行所の役人と誤解したのは確実だった。

「へい、畏《おそ》れ入ります」

お陸は真っ青になり、あわてて縫いかけの布と裁縫箱《さいほうばこ》を脇に押しやると、身体を奥にずらした。そのまま平伏する。

それを見て、辰治が春更に言う。

「旦那、どうぞ」

「うむ、では、座らせてもらうぞ」

春更が精一杯、威厳をこめて言った。大刀を鞘《さや》ごと抜き、やおら上框に腰をおろす。

辰治は土間に立ち、伊織は路地から見つめる。

家の中を見渡しながら、伊織はやはり山下で楊弓場の主人だった松井《まつい》松兵衛《まつべえ》の家を思いだした。仕舞屋《しもたや》ではあったが、二階建ての戸建てだった。

いっぽう、忠次の住まいは裏長屋である。商売がうまくいっていないことをうかがわせた。

「亭主の忠次はどこじゃ」

春更が重々しく言った。

お陸は下を向いたまま答える。

「山下の鳥海という楊弓場にいると思いますが」

「子どもはいないのか」

「男の子がひとりおりますが、住み込みの奉公に出ております」

「すると、いまは夫婦ふたりの暮らしか」

「へい、さようでございます」

「そうか。お陸とやら、頭をあげい。これから拙者が問うことに隠し事をすると、ためにならぬぞ。よいな。

およそ一か月前の夜、亭主が着物を赤く染めて戻ってきたことがあろう。どうじゃ、正直に申せ」

伊織は聞きながら、お陸が正直に答えるはずがないと思った。戯作《げさく》ならともかく、こんな質問が通用するとは信じられない。

ところが、お陸は、

「へい、ございました」

と、あっさりと認めた。

春更は返答の意外さに、やや戸惑っている。

女房がこうも簡単に認めるとは、伊織にしても想像すらしていなかった。

戸惑いから立ち直り、春更が厳しい口調で言った。

「その着物はどこにある」

「着物は糸を抜いてほどき、血のついたところはへっついにくべ、燃やしてしまいました。そのほかは、繕《つくろ》い物などにしております」

「では、血のついた着物はないということか」

「へい、ありません」

「着物についた血について、亭主はどう言いわけしたのか」

「へい、亭主は喧嘩《けんか》をして殴りあいになり、自分の鼻血で汚したと言っていました」

「ほう、喧嘩で鼻血か。そのほう、それを信じたのか」

「いえ、信じておりません」

「では、誰の血だと思うのだ」

「人を殺したのだと思います。殺した相手の血でしょうね。そのことのお調べなのでしょう?」

お陸の口調は平静そのものだった。

春更は絶句している。まさに二の句が継げないようだ。

伊織も唖然《あぜん》とし、お陸が正気なのかどうかと、まじまじと眺《なが》める。もしかしたら、錯乱《さくらん》ではあるまいかという疑いが脳裏をよぎった。

ついに辰治が乗りだしてきた。

「おい、おめえ、冗談にしては悪い冗談だぜ」

「いえ、冗談ではございません。本気です」

「おい、よく考えてものを言いなよ。人殺しの科《とが》で召し捕られたら、亭主は死罪になるんだぜ」

「はい、存じております。どうぞ、召し捕ってください」

お陸がきっぱりと言った。

伊織は見ていて、お陸は乱心ではないと判断した。覚悟をして供述しているようである。

しかし、対応を間違うと冤罪《えんざい》を生みかねないであろう。ここは慎重に確認しなければならない。

伊織が声をかけようとしたとき、早くも辰治が動いた。

合図して春更を立たせ、辰治が代わって上框に腰をおろした。

春更は窮屈《きゆうくつ》そうに、土間に立つ羽目になった。

辰治はお陸と向き合うと、いつにない穏やかな口調で言う。

「いろいろとわけがありそうだな。わっしだけじゃない、こちらの佐藤さまも、お聞きになっている。お上《かみ》にもお慈悲《じひ》はあるぞ。

まあ、わけとやらを話してみな」

「へい、亭主に離縁してくれと頼んでいるのですが、離縁してくれないのです。お役人が召し取ってくれれば、あたしは亭主から逃げられますから」

「ふうむ、忠次がいやなのか。なにが、いやなのか」

「すべて、いやですが、いちばんつらいのが夜のことです」

「交合《とぼ》すことか」

「へい、あの歳で、ほとんど毎晩でしてね。あたしが具合が悪いから今晩は勘弁してくれと言うと、殴る蹴《け》るでして。月役《つきやく》のときもするのですから、世間に顔向けができません」

月役とは、月経《げっけい》のことである。

月経は穢《けが》れとされた。そのため、月経中の性行為は禁忌《きんき》だった。ところが、忠次は月経中の女房にも迫っていたのだ。

お陸が言葉を続ける。

「着物を血で汚してきた夜なんぞ、二番続けてでしたよ。あたしは、亭主は気でも違ったのかと思いました。このままだと、あたしは殺されますよ」

お陸の目がギラギラし、頬《ほお》は紅潮している。

言い終えるや、ふーっと息を吐いた。たまりにたまっていた鬱憤《うっぷん》を一気に晴らしたのだろうか。

「ほう、忠次はよほどの強蔵《つよぞう》のようだな。おかげで、おめえは腎虚《じんきょ》になったわけか。腎虚になるのは男だけかと思っていたが、女も腎虚になるんだな」

「女郎買いでもしてくれればいいのですが、金を使いたくないのでしょう。女房だと、ただですからね」

お陸が吐き捨てるように言った。

亭主に対する嫌悪と軽蔑《けいべつ》がうかがえる。

「よくわかったぜ」

辰治が尋問《じんもん》を打ちきる気配なのを見て、伊織が敷居のところから言った。

「血のついた着物はすでにない。そなたの推量だけでは充分とは言えぬ。亭主は刃物を持っていたか」

「へい、持っていました」

「亭主はその刃物を、どこかに隠していないか」

「へい、隠し場所は知っています」

あっさりと、お陸が言った。

そのあっけなさに、質問した伊織のほうが驚いたほどだった。

お陸は立ちあがると、壁際に置かれた茶箪笥《ちゃだんす》の引き出しを開け、細長い布包みを取りだしてきた。

辰治が受け取り、布をほどくと短刀が現れた。鞘から抜き、刃をじっと見つめたあと、伊織に手渡す。

伊織が点検すると、木製の柄《つか》の部分にあきらかに血痕《けっこん》があった。

「うむ、凶器に間違いないでしょうな」

うなずいた辰治が、お陸に言う。

「この短刀は、わっしがあずかるぜ。

心配しなくていい。忠次は今夜は帰ってこないだろうな。いや、今夜ばかりではない、ずっと帰ってこないだろうよ。おめえも、そのつもりで、身の振り方を考えることだ」

お陸はぼんやりしている。

まだ実感がわかないのだろうか。

辰治が裁縫箱と、縫いかけの布に目をやった。

「おめえ、縫い物が得意なようだな。

ちょいと思いだしたのだが、住み込みのお針を探している店がある。もし、お針として奉公するつもりなら、わっしが請人《うけにん》になってやるぜ。岡っ引が請人でよければな」

「へい、ありがとうございます」

礼を言うお陸の顔は、晴れ晴れとしている。

ようやく、自分が忠次から解放される実感が湧《わ》いてきたようだ。

そばで聞いていて、伊織は辰治の意外な側面を見た気がした。

長屋の木戸門を出て、通りを歩きはじめると、春更が言った。

「親分、これから山下に行くのですか」

「うむ、忠次を召し捕る」

「ほう、捕物ですか。これは見逃せないですね」

「おい、おめえさんは町奉行所の役人の役まわりだぜ。他人事《ひとごと》みたいに言ってもらっちゃあ、困る」

「はい、もちろん、役割を果たしますよ。血沸《ちわ》き肉躍《にくおど》るとはこのことです」

春更が大見得《おおみえ》を切った。

そばで聞きながら、伊織はこみあげてくる笑いをおさえる。捕物などの場面で春更がまったく役に立たないのは、すでにわかっていた。

歩きながら、辰治が言う。

「さきほどは、いい話を聞きましたな。家に帰ったら、さっそく女房に説教しますよ。

『おい、強蔵の亭主を持った女房はつらいそうだぞ。俺くらいがちょうどいいのだ』

それでも、女房があれこれ言ったら、お陸の話をしてやりますよ。

そうだ、春更さん、強蔵の亭主と腎虚の女房という組みあわせと、腎虚の亭主と好色《こうしょく》な女房という組みあわせは、どちらが戯作になりそうかね」

「ええ、まあ、そうですね」

春更も返答に窮《きゅう》している。

今度は、辰治は伊織に言った。

「先生、最近、春本を読んでいたら、オランダ渡りの蠟丸《ろうがん》という媚薬《びやく》が出てきたのですが、あれは本当ですか」

「蠟丸は、私も聞いたことがあります。催淫剤《さいいんざい》で、女陰《にょいん》に入れて用《もち》いると、女は乱れ狂うとか。しかし、見たことはありません。つまり、聞いたことはあっても、実物を見たことはありません。

まあ、一種の夢物語ではないでしょうか。親分、媚薬はそんなものですぞ。かつて媚薬にかぎらず、いろんな品物が唐土《もろこし》から渡ってきたというだけで珍重された時代があったようです。いまは、オランダが唐土に取って変わっただけではないでしょうか」

「なるほどね。先生の話で納得がいくのはたしかですが、夢がしぼむのもたしかですぜ」

山下が近づくにつれ、太鼓《たいこ》の音が聞こえてくる。

盛り場だけに、菰掛《こもが》けの芝居小屋や見世物《みせもの》小屋はもちろん、大道芸人も多かった。太鼓に合わせて、越後獅子《えちごじし》などの芸を演じているのかもしれない。

三

店先で味噌田楽《みそでんがく》を焼いている茶屋があった。

その左隣が、楊弓場の鳥海である。

「すでに外側からですが、建物の様子は調べています。細長いので、奥に逃げられると厄介です。

先生は外からまわって、奥の座敷のあたりに備えてくれやせんか。わっしと春更さんは、入口から入ります」

岡っ引の辰治が配置を指示した。

沢村伊織は承知しながらも内心、「親分、春更をあてにしないほうがよいですぞ」と思ったが、さすがに本人の前で口にするのは遠慮した。

見ると、春更は緊張で顔が強張《こわば》っている。血沸き肉躍るなどと称していたが、いざとなると気おくれしているようだ。

伊織が激励した。

「おい、そなたの役まわりは奉行所の役人だぞ。もっと、威張ったほうがいい。いざとなれば、刀の柄《つか》に手をかけると相手は畏れ入るさ。

では、親分、五十まで数えたあとで、入口から踏みこんでください」

言い終えると、杖を手に裏手にまわる。

楊弓で矢を放つ場所から、衝立《ついたて》に取りつけた的《まと》まで、およそ七間半（約十四メートル）ある。そのため、楊弓場の建物は細長い。

窓のない板壁に沿って、伊織は口の中で「一、二、三……」と数えながら奥に進んだ。

建物の端に座敷があった。楊弓場に雇われた矢場女は、ここで客を取るのだ。

山下の楊弓場は、事実上の女郎屋だった。

大橋屋のお才ことお藤、殺された堂前のお巻もお倉も、かつてこの座敷で客の男と寝ていたことになろう。

障子が閉じられているため座敷の中は見えないが、人の気配はない。ということは、客の男と矢場女はいない。辰治が聞きこんできたように、鳥海は繁盛しているとは言えないようだ。

建物の片側に、座敷と楊弓を放つ部屋とを結ぶ濡縁《ぬれえん》がある。伊織はその濡縁のそばに立って待ち受ける。

ふと目をあげると、上野《うえの》の山の上を鳥の群れが大きく旋回しているのが見えた。夕暮れが近い。

迫る夕暮れに急《せ》かされるように、遠くから歓声が聞こえてくる。大道芸が喝采《かっさい》を浴びているのだろうか。

「きゃーッ」

突如、女の悲鳴があがる。

辰治と春更がいる場所からだった。

一瞬、伊織は駆けつけるべきかどうか、迷う。

そのとき、ドドドと音を立て、抜身《ぬきみ》の刀を手にした男が濡縁を走ってきた。

かなり大柄な男である。着物の裾《すそ》がはだけて、褌《ふんどし》が丸見えだった。むきだしの足には脛毛《すねげ》が目立つ。

伊織が下から声をかけた。

「忠次だな」

「邪魔する気か」

怒鳴りながら、忠次が裸足のまま濡縁から地面に飛びおりてきた。

顔は興奮で赤黒くなっていた。目は凶悪に光り、上唇がめくりあがって歯茎がむきだしになっている。猪首《いくび》で、胸板も厚かった。

地面におりた忠次は、刀を斜めに横に、むやみに振りまわす。

伊織は杖を水平に構えたものの、相手の勢いにはとても太刀打ちできない。間合いを確保するため、じりじりと後退《こうたい》した。

ふたたび濡縁に足音がする。辰治と春更が追ってきたらしい。とにかくふたりが無事だったらしいのを知り、伊織も安心した。

ちらと振り返ってふたりを見たあと、

「くそぉーッ」

と、忠次がうなり、刀を頭上に振りあげる。

もう破れかぶれになり、伊織を一刀両断にするつもりらしい。

だが、これこそ伊織が狙《ねら》っていた瞬間だった。

水平に構えていた右手をいったん引き、力を腰にためる。

右足で大きく踏みこみながら、突進の勢いをこめて杖を突きだす。杖の先端は鉄輪で補強されていた。

伊織が長崎にいたころ、出島《でじま》のオランダ商館員に手ほどきを受けたフェンシングの突きである。

忠次にしてみれば、予想もしていなかった突きであろう。刀で払うことも、身をかわすこともできなかった。

杖の先端が、忠次の左胸に喰いこむ。

「ぐえッ」

忠次はポロリと刀を落とし、膝《ひざ》からがくりと、くずおれた。

そこに、辰治が濡縁から飛びおりてきた。

「この野郎め」

辰治が十手で、忠次の肩や背中を滅多打ちにする。

ドス、ドス、と鈍い音がした。

一方、伊織がすばやく地面から刀を拾いあげる。

十手で殴られ、ついに忠次はその場にうつ伏せに倒れ伏した。

だが、辰治がなおも横腹や臀部を蹴り続ける。

「親分、もう、そのくらいで」

見兼ねて、伊織がとどめた。

ようやく辰治も蹴るのをやめたが、

「手間をかけさせやがって」

と、肩で荒い息をしていた。

春更は濡縁に立ったまま、呆然《ぼうぜん》としている。

忠次は取縄《とりなわ》で縛りあげられ、力なく地面に座りこんでいた。

「これは誰の刀だ」

伊織は手に刀を持ったまま言った。

ふと春更の腰を見る。

春更の腰に差した大刀は、鞘《さや》だけである。ということは、春更の刀ということになろう。

「わたしの刀です」

春更が力なく言った。

伊織は刀を渡しながら問う。

「いったい、どうしたのか」

「それが、面目《めんもく》ない次第でして」

抜き身を受け取った春更は、鞘におさめようとする。しかし、刀身《とうしん》がなかなか鞘におさまらない。

自分でも無様《ぶざま》なのがわかるのか、春更は顔を赤らめていた。

「さあ、立ちやがれ」

辰治が忠次を引きたてながら言った。

伊織は忠次の負傷が気になった。

「その前に、いちおう怪我の具合を診《み》ましょう」

診察すると、伊織が突いた左胸のあばら骨にひびが入っているようだった。赤く腫《は》れ、熱を帯びている。

また、辰治が十手で殴りつけた箇所も、赤く腫れあがっていた。

伊織の指が触れるたび、忠次が苦痛にうめく。

「一か所、骨にひびが入っているようです」

「骨にひびが入ろうが、折れようが、かまいませんよ。どうせ、打ち首になるんですから」

辰治が笑った。

ようやく春更が語りはじめた。

「親分と一緒に踏みこんだのですがね。忠次と矢場女ひとりだけで、客はいませんでした。忠次はねちねちと、矢場女を叱りつけていたようでした。

親分が十手を出して、

『忠次、神妙にしろい』

と言いわたしました。

わたしも同様、

『おい、神妙にしろ』

と、颯爽《さっそう》と刀を抜き放とうとしたのですがね。

なにせ、これまで人前で刀を抜いたことなどないものですから、まごつきまして。すらりと抜けないのですよ。それで、焦《あせ》ってしまい、もたもたしていると、忠次がつかみかかってきましてね。

あっけなく突き飛ばされ、わたしは矢場女の足元にすってんころりんというわけでして。そのとき、矢場女が悲鳴をあげたのです。

わたしが背中を打って息が詰まり、起きあがれないでいるのを見て、忠次が刀を抜き取ったのです。なんとも、情けない次第でして」

春更がうなだれる。

伊織は、いざとなれば刀の柄に手をかければよいと激励したのが、逆効果になったのかもしれないと思った。ちょっと後悔する。

辰治があとを引き取った。

「忠次が無闇《むやみ》と刀を振りまわすものですから、短い十手ではとうてい対抗できやせんや。わっしが踏みこめないでいるのを見て、忠次が逃げだしたのです。あとは、先生がご存じのとおりでさ」

「そうでしたか。で、これからどうするのです」

「わっしが、近くの自身番に引き立てていきやすよ」

「この場で取り調べをしないのですか」

伊織はやや意外な気がした。

鳶《とんび》に油揚《あぶらあげ》をさらわれるような気分である。

やはり、自分の耳で忠次の自白を確かめたかった。

そんな伊織の気分がわかるのか、辰治がやや弁解口調で言った。

「この野郎は自身番に拘留《こうりゆう》し、明日の朝、巡回に来る鈴木の旦那に引き渡します。尋問も鈴木の旦那に任せますよ。あの旦那にかかれば、この野郎もすべて白状するはずですからね」

定町廻り同心の鈴木順之助に、身柄を引き渡すということだった。

尋問に熟達した鈴木の手腕に期待しているのであろう。その点は、伊織も異存はなかった。

また、辰治には、忠次の尋問と自白を鈴木の手柄にして、花を持たせる狙いもあるに違いない。岡っ引の処世《しよせい》の知恵であろう。

「なるほど」

「忠次が白状した内容は、わっしがすべて先生にお知らせしますぜ。まあ、明日の夕方になるかもしれませんが。それまで、ちょいと待ってくださいな。さあ、てめえ、とっとと歩きな」

辰治が忠次を引き立て、歩きだした。

＊

忠次を連行していく辰治と別れたあと、伊織は歩いていて、大橋屋の女将のお才を思いだした。

きっと、お才は忠次の影に怯《おび》えているであろう。

(そうだ、忠次が召し捕られたことを伝えてやったほうがよいな)

連れ立って歩いている春更を、ちらと見る。

やはり自分の演じた醜態《しゅうたい》が情けないのか、しょんぼりしていた。

伊織はちょっと気の毒になってきた。

しかし、ことさらに慰《なぐさ》めるのは、かえって傷つけてしまうだけであろう。伊織は気軽な口調で誘う。

「どうだ、これから、ももんじ屋に行かぬか」

「え、ももんじ屋というと、山鯨など獣《けもの》の肉を食べさせる店ですか」

「さよう。じつは、忠次のことを教えてくれたのは、大橋屋というももんじ屋の女将でな。

礼を言うのを兼ねて、猪か鹿の肉で一杯やりたい。付き合ってくれ」

「わたしはまだ、食べたことがないのですが」

「では、この機会に食べてみるのがよかろう。戯作にも役立つのではないか」

「そうですね。何事も経験ですからね」

ようやく春更は元気になった。

あとは、ふたりで話をしながら湯島三組町に向かう。

しだいに、薄暗くなってきた。

店先の掛行灯《かけあんどん》には灯《あかり》がともり、

山くじら
大橋屋

の文字がくっきりと浮かびあがっている。

腰高障子を開けて中に入ると、数組の客がいて、鍋《なべ》を間に置いて酒を呑《の》んでいた。鍋から湯気が立ちのぼり、店内に独特の匂いが立ちこめている。

「おや、先生、いらっしゃりませ」

女将のお才が愛想よく迎える。

そばの春更を見て、伊織に言った。

「こちらのお方は」

「弟子です。不肖《ふしょう》の弟子で、頼りない弟子ですが」

春更が自分から言う。

伊織は座敷に余裕があるのを見た。

「座敷を頼みたいが」

「へい、こちらにどうぞ」

案内された座敷に座りながら、伊織が言った。

「酒と、あとはどうしようか」

「紅葉はあいにく切れておりまして、牡丹鍋しかございません」

「では、牡丹鍋を頼もう」

「かしこまりました」

お才が引き取ろうとするところを、伊織が呼び止めた。

「鳥海の忠次が町奉行所に召し捕られたぞ。それを、そなたに伝えたかった」

「そうでしたか。それで安心しました。あれ以来、なんとなく気味が悪かったのです」

お才は満面に笑みを浮かべた。

すぐに、顔を曇らせる。

「どういう理由で召し捕られたのですか」

「お役人の取り調べはこれからだが、堂前のお巻とお倉を殺した疑いがかかっている」

「そうでしたか。お巻さんとお倉さんもかわいそうに。

考えてみると、あたしが堂前に誘ったばっかりに、こんなことになってしまって。あたしはなんともなかったのですから、ふたりに恨まれてもしかたないですね」

言葉は途中から嗚咽《おえつ》になった。

前垂れで涙をぬぐう。

誘った自分は世帯を持ち、大橋屋の女将におさまっているのだ。罪悪感を覚えるのかもしれなかった。

「申しわけありません、雰囲気を湿っぽくしてしまって。すぐに用意をいたします」

おオが頭をさげ、奥に引っこむ。

しばらくして、銅製《どうせい》のちろりに入った酒と、牡丹鍋が運ばれてきた。鍋は小型の火鉢《ひばち》の上に載せられている。

火鉢の炭火で熱せられて、鍋の中で猪の肉と葱《ねぎ》がぐつぐつ煮立っていた。

おオが伊織に酌《しゃく》をしながら、

「お繁ちゃんが、うちのお袖《そで》に、

『あたし、沢村伊織先生に弟子入りしようかしら』

と言っていたそうですよ」

と冷やかすや、ほほほと笑った。

伊織は曖昧《あいまい》に口ごもる。

いっぽう、春更はふたりのやりとりなど眼中になく、鍋の中身をじっと見つめていた。やおら箸《はし》で肉片をつかむや、口の中に入れた。あとは、神妙な顔で嚙《か》みしめている。

そんな春更を見て、お才が言った。

「お弟子さん、山鯨の味はどうですか」

「わたしは、まだ海の鯨も食べたことがないものですから。山の鯨と言われても、比較のしようがないですな」

「あら、おもしろいことを」

「うむ、まあ、おいしさが、だんだんわかってきた気がしますがね。ただし、口の中が行灯の油を呑んだみたいになるのは閉口です。もちろん、行灯の油を呑んだことがあるわけではありませんが」

そう言いながらも、いつしか春更の箸の動きにためらいがなくなっていた。

伊織も肉と葱を箸でつまみ、口の中に入れる。

豚肉よりもやや硬く、独特の臭《くさ》みがある気がした。しかし、すぐに慣れるであろう。長崎でも、最初は豚肉を臭いと感じたものだった。

伊織は牡丹鍋を食べながら、肉はもちろんだが、葱が美味《びみ》だと感じた。肉の脂《あぶら》で葱の甘みが引きだされ、混然一体となっている。

「うむ、うまいな」

「うまいですね。毎日とまでは言いませんが、一の日とか二の日のように、ももんじの日を決めたいくらいです」

春更はもう、いつもの明るさを取り戻していた。

第四章　甚内橋

一

訪ねてきたのは、小紋縮緬《こもんちりめん》の羽織《はおり》を着た初老の男だった。足元は白足袋《しろたび》に草履《ぞうり》である。

玄関の三和土《たたき》に立ち、

「門前で白粉《おしろい》・紅《べに》問屋の玉屋《たまや》をいとなむ、喜左衛門《きざえもん》と申します」

と、丁重に名乗った。

面長《おもなが》だが柔和《にゅうわ》な容貌《ようぼう》で、しゃべり方も温和である。

「どうぞ、おあがりください」

応対する沢村伊織は、玉屋という屋号に記憶がなかった。

しかし、商品が白粉や紅なので、自分に関心がないからであろう。

主人である喜左衛門の人品からすると、湯島天神の門前町ではかなりの大店《おおだな》に違いない。

下女のお熊がさっそく茶と煙草盆《たばこぼん》を出し、上框《あがりかまち》に腰をおろしている供の丁稚にも茶を出した。

初対面の挨拶《あいさつ》をしたあと、喜左衛門は、

「仕出料理屋の立花屋はご存じですね。あたくしは、立花屋の主人である定右衛《さだえ》門《もん》さんとは親しくしております。それで、定右衛門さんから、あたくしが使者に立つよう命じられたわけでございます」

と、ややおどけて言った。

伊織は相手が温厚《おんこう》な人柄なのはわかったが、訪問の理由ははかりかねた。少なくとも、診察や治療ではないらしい。

「ぶしつけですが、先生は独り身ですか」

「はい、さようです」

「縁談はもうお決まりですか」

「いえ、まだです」

「さようでしたか。もしお決まりでしたら、このまま引きさがるつもりだったのですがね。では、安心して話を進めさせていただきます。

立花屋の娘御《むすめご》のお繁さんはご存じですな」

「はい、怪我をした子どもを、ここに連れてきたことがあります」

「ご新造《しんぞ》のお糸《いと》さん——定右衛門さんのお内儀《ないぎ》ですね、お糸さんが先日、先生とお繁さんが連れ立って歩いているところを、たまたま見かけたそうでしてね」

喜左衛門が穏やかにほほ笑む。

伊織は頰《ほお》がちょっと熱くなる気がした。

「はあ、そうでしたか」

ももんじ屋の大橋屋に案内してもらったときに違いない。行きだったのか、帰りだったのか。お繁も気がつかなかったくらいだから、母親は二階の窓から偶然、目撃したのかもしれなかった。

それにしても、相手の来訪の理由は依然、不明である。

「じつは、お糸さんが、

『あのふたりは、ぴったりだ』

と、夫の定右衛門さんに談じたのです。

女の勘と言うやつでしょうか。定右衛門さんも大賛成でしてね。

突然な話で恐縮ですが、先生、お繁さんと所帯をお持ちになるお気持ちはございませんか」

「急な話なので、すぐには……というより、肝心の本人、つまりお繁どのの気持ちはどうなのでしょうか」

「両親が決めれば、それで決まりなのですがね。いちおう母親として、お糸さんがお繁さんに尋ねたところ、『はい』と承諾したそうですよ」

「そうでしたか。ところで、お繁どのは何歳なのでしょうか」

「十六歳です。去年あたりから、定右衛門さんとお糸さんがいろいろ縁談を勧めていたようですが、お繁さんは首を縦に振らなかったとか。ところが、今回は、すんなりと承知したそうでしてね。

先生は、いかがですか」

「お繁どのの人となりは、ある程度は知っております。町医者の妻にはふさわしい人かと思います。

ただし、私は一介の町医者ですから、贅沢《ぜいたく》はさせられないと思います。それでよろしければ」

「先生のほうも異存はない、と考えてよろしいですか」

「はい、よろしくお願いいたします」

伊織が頭をさげる。

喜左衛門が顔をほころばせた。

「わかりました。今日のところは、すぐに立花屋に戻って、報告しませんとな。定右衛門さんとお糸さんは首を長くして、もちろんお繁さんも、あたくしの帰りを待っているはずですから。

あわただしくて申しわけないですが、そんなわけで、あたくしはこれで失礼します」

喜左衛門は一礼すると、供の丁稚を連れて急ぎ足で帰っていく。


まさに、とんとん拍子だった。あれよ、あれよという間に自分の人生が決まり、伊織はやや放心状態で座っていた。

これまでの人生のさまざまな場面が、頭の中を駆けめぐる。不思議な感覚だった。

なんとなく落ち着かない気分である。かといって、用意すべきことなどなにも思いつかない。

お熊が台所から姿を現わし、

「先生、おめでとうございます。これから、忙しくなりますね」

と、浮き浮きしている。

伊織が照れ隠しに言った。

「たかが町医者の婚礼だ。たいしたことにはならぬ」

「それでも、あたしが亭主と所帯を持ったときとは、大違いなはずですよ。

あたしのときは、仲人《なこうど》に連れられて亭主の住んでいた裏長屋に行って、そこで三々九度《さんさんくど》の盃をして、それで終わりでしたから。その夜が、あたしと亭主の新枕《にいまくら》だったんですからね。次の日の朝は、あたしはさっそく、へっついで飯炊きですよ。そんなものでしたから。

ところで、あたしはこのまま、いてもいいのでしょうか」

お熊が不安そうに言った。

急に、心配になってきたようだ。

「もちろん、いてくれ。立花屋には奉公人がいるから、お繁どのは家事らしきことはほとんどできまい。おそらく飯炊きも、したことがないはずだぞ。

そなたがいないと、とても生活していけぬだろうな」

「へい、ありがとうございます」

お熊は安心したのか、涙ぐんでいた。

ふと、伊織は立花屋の看板に書かれていた「御婚礼向仕出シ仕候」を思いだした。婚礼の仕出料理を作る家の娘と婚礼をあげるのかと考えると、つい笑ってしまいそうになる。

(皮肉……いや、皮肉ではないな。こういう場合、なんと言えばよかろう。春更だったら、ぴったりの言葉を知っているのかもしれぬが)

またもや、伊織は笑いそうになった。

二

岡っ引の辰治がやってきたのは、もう日が暮れてからだった。

手にした提灯《ちょうちん》の蠟燭《ろうそく》を吹き消し、お熊に、

「水を一杯、くんねえな」

と頼んだあと、伊織の前にどっかと座った。

思いがけなく縁談が持ちこまれて気もそぞろになっていたが、伊織としても同心の鈴木順之助が忠次をどう処置したかは、ずっと気にかかっていた。

　今朝、鈴木が忠次を尋問《じんもん》したはずである。

「いやぁ、今日は、さすがに疲れましたぜ」

「忠次の件ですか」

「そのほかにもありましてね。まあ、順にお話ししますが」

　辰治はお熊が持参した水を飲み干し、ふーッと大きく息を吐いた。

　煙管の煙草に火をつけたあと、やおら話しだす。

「今朝、鈴木の旦那が自身番に巡回に来たので、事情を述べたうえで、忠次を引き渡しました。

　忠次の野郎、昨日の打ち身が腫《は》れあがって、身体中が痛むようでしたな。わっしも、さすがにちょっとかわいそうになりましたがね。

　自身番を借りて、忠次を尋問したのですが、さすが鈴木の旦那ですぜ。すっかり白状させてしまいましたよ」

「堂前のお巻とお倉を殺したのを、忠次は認めたのですか」

「はい、はっきり認めましたよ。

　矢場女《やばおんな》が次々と辞めていくので、鳥海の商売はうまくいっていなかったのです。

しかし、忠次はああいう手合いですから、自分に非があるとは恬《てん》として気づかないわけです。矢場女のわがままや身勝手と考えて、怒りをくすぶらせ続けていたのです。

そんなとき、お節介な男がいましてね。このお節介が人殺しの引き金になったと言えなくはないでしょうな。

鳥海の客のひとりが堂前で遊んだとき、たまたま相手の女がお巻だったのです。

『なんだ、おめえ、山下にいたお巻じゃねえか』

と言うわけですよ。

そこで、つい話がはずんだのでしょうな。お倉も同じく、堂前にいるのがわかったわけです。

この男が、次に鳥海に行ったとき、忠次に得意げに告げたのですよ。

『ちょいと前までここで矢場女をしていたお巻さんとお倉さんは、いま堂前にいるぜ。堂前のほうがはるかに楽で、はるかに稼げるとか言っていたがな。おめえさんも、商売の仕方を変えたほうがいいんじゃないのかい。この調子だと、矢場女にみんな逃げられちまうぜ』

まさに、お節介ですな。

半分、からかいの意味もあったのかもしれませんがね。

これを聞いて、忠次はカーッとなったわけです。裏切られたと感じたのかもしれません。怨《うら》み骨髄《こつずい》に徹《てつ》す、というやつですな。怨み骨髄に徹すは、講釈《こうしゃく》で聞き覚えた言葉ですがね」

辰治が照れ笑いをした。

和漢《わかん》の難しい熟語やことわざを、辰治はけっこう知っているが、出所はたいてい『三国志《さんごくし》』や『太平記《たいへいき》』などの講釈だった。

伊織は黙って相手の話をうながす。

「忠次は鳥海を閉めたあと、夜、堂前の路地を徘徊《はいかい》し、ひそかにお巻とお倉を探したのです。路地を冷やかして歩く男は多いですから、毎晩のように歩きまわっても、路地番に怪しまれることはありません。

お巻とお倉を探しあてると、客をよそおって部屋にあがりこみ、隠し持った短刀で刺し殺したわけです。

最初のお巻は、さすがに忠次も動転し、無我夢中で刺したそうですがね。そのため、傷は十か所にも及んでいましたし、自分もたっぷり返り血を浴びました。しかし、さいわい夜だったため、路地番などに気づかれることなく堂前を抜けだしました。

ふたり目のお倉も同様ですな。ただし、手口がやや巧妙になっています。ふたり目では、忠次もやや落ち着いていたと言えるでしょうな。

その後、堂前に足を踏み入れたことはないとか」

「すると、三人目のお米の殺害については、否定したのですか」

「そのあたりは、鈴木の旦那も厳しく究明《きゅうめい》したのですがね。忠次ははっきり否定しました。そもそも、お米という女は知らないそうです。

考えてみると、ふたり殺すも三人殺すも、同じですぜ。嘘《うそ》を言っても意味がないですからね。

忠次の言うとおり、お米殺しは別ですな」

「お米は財布が奪われていたのに対し、お巻とお倉の財布は残っていました。なぜ、忠次は手をつけなかったのでしょうか」

「恨みを晴らしたい一心で、財布にまで気がまわらなかったのでしょう。殺したあとは、うまく逃げおおせることで頭はいっぱいだったでしょうからね。そのため、財布など思いもつかなかったのでしょう。

もし財布が目についていれば、行きがけの駄賃《だちん》で、くすねていたかもしれませんがね。要するに、財布にまで気がまわらなかったということでしょう。

つまり、忠次の目的は殺すことだったのです」

「忠次はその後、どうなったのですか」

「小伝馬町《こでんまちょう》の牢屋敷《ろうやしき》に送られました」

「しかし、町奉行所は、岡場所の事件には介入しにくいのではないのですか」

伊織がやんわりと疑問を呈した。

同心の鈴木順之助に面と向かって質《ただ》すのは憚《はばか》られるが、岡っ引なら言いやすい。

辰治もそのあたりは心得ていて、ニヤリとした。

「そこが、鈴木の旦那のすごいところですよ。わっしも感心しましたがね。岡場所の遊女殺しではなく、あくまで昔、矢場女をしていた女ふたりを殺したとして、牢に送ったのです」

「なるほど、そういう方法がありましたか」

伊織も鈴木の機転には感心した。

それにしても鈴木は、たとえ岡場所の遊女殺しだとしても、犯人を見逃すことはなかったことになろう。鈴木は町奉行所の同心として、きちんと筋を通していた。

「忠次は死罪でしょうな。これで、女房のお陸は亭主から逃れられるというわけです」

「すると、春更の言う連続殺人はお巻とお倉で、お米殺しは別件だった。そして、連続殺人は解決したが、お米の件は依然、闇《やみ》の中ということになりますね」

「いや、別な連続殺人が見えてきましてね」

「え、どういうことです」

「話すと長くなるので、ちょいと一服させてください。わっしが疲れたと言ったのも、じつはこれに関して、あちこち歩きまわっていたからでしてね」

「では、酒でも呑《の》みましょう。

お熊、酒を頼むぞ」

伊織が台所に向かって声をかけた。

さきほど、仕出料理屋の立花屋から酒が届いていたのを思いだしたのだ。ただし、自分の婚礼については触れない。

「燗《かん》をしましょうか」

お熊が確かめる。

辰治が無造作に言った。

「冷やでかまわねえよ。湯呑《ゆのみ》に入れてくんねえ」

湯飲み茶碗の酒をあおったあと、辰治が言った。

「なかなかいい酒ですな」

「まあ、引っ越し祝いのようなものが届いたのですがね」

伊織は曖昧《あいまい》に言った。

辰治もとくに追及はしない。話すべきことが山積しているからであろう。

「そうでしたか、祝い酒なので、いい酒なのですか。それはともかく。

堂前の事件のことは、わっしは最初から鈴木の旦那にくわしく話していたのですがね。旦那は例によって、

『辰治、拙者は聞かなかったことにしておくぞ』

と、とぼけていましたよ。

しかし、鈴木の旦那は鋭いですからな。ピンときたものがあったのでしょう。

そこで、わっしにも言わずに、ひそかに奉行所の小者《こもの》を使って、あちこちの岡場所を探らせていたのです。もちろん、町奉行所が表立って動くわけにはいかないので、内々ですがね。

するとと、とんでもないことがわかったのです。

麻布《あざぶ》市兵衛《いちべえ》町《ちよう》、根津《ねづ》、鮫《さめ》ケ《が》橋《はし》には岡場所がありますがね。この半年ほどのあいだに、この三か所の切見世《きりみせ》で、遊女が殺されていたのです。

このことが判明したものですから、鈴木の旦那も目の色が変わりましてね。旦那に命じられ、わっしがあらためて三か所で話を聞いてきたのです。

そんなことで歩きまわっていたもので、先生のところに来るのも遅くなったわけですが」

「そうでしたか。それは大変でしたな。

三か所で、なにかわかったのですか」

「もう日数が経っていることもあり、連中があまり話したがらないこともあり、聞きだすのはかなり難儀でしたがね。それでも、ようやく次のことがわかりました。

三か所とも、すべて昼間の犯行、女は左胸を刺され、仰向《あおむ》けに倒れていました。

そして、女の財布がなくなっていました。

堂前のお米殺しと手口がまったく同じなのです。おそらく、堂前と同一犯でしような」

「すると、堂前を合わせると、四件の連続殺人というわけですか」

「いや、岡場所では遊女が殺されても表沙汰《おもてざた》にせず、病死としてすみやかに葬《ほうむ》ってしまいますからね。

麻布市兵衛町、根津、鮫ケ橋の三か所は、かろうじて聞きだせたのです。ほかの岡場所で起きていても、おかしくはありません。もう、忘れられているだけということもあり得ます。

ですから、殺された女は、実際はもっと多いかもしれません。六件、あるいは十件の連続殺人かもしれません。そのなかで、堂前が最新というわけですな」

「なんと……」

伊織も言葉を失う。

それぞれの岡場所で事件は隠蔽《いんぺい》されるため、世間の人が知らないだけだった。

実際には、江戸で連続殺人事件が進行していたのである。

岡場所同士も交流があるわけではないため、個別に隠蔽された。岡場所の関係者も、連続殺人が起きているなど知らないであろう。

「鈴木の旦那が言うには、

『殺されたのが岡場所の遊女だからといって、人殺しを放置しておいていいはずがない。どうにかして下手人を捕らえよう。堂前のお米殺しは最新だけに、手がかりが残っているかもしれぬ。あらためて、堂前の件を調べてみろ』

とのことでしてね。

あの旦那の無理難題は、わっしの手に負えないところがありましてね。先生、力を貸してくださいな」

「もちろん、力を貸すのにやぶさかではありませんが。

しかし、堂前のお米殺しは行き詰っていますからね。さて、どうすればよいのか」

伊織も腕を組み、うなるしかない。

そのとき、四ツ（午後十時頃）を告げる鐘《かね》の音が響いてきた。

「親分、もう遅いので、今夜はここに泊まればどうですか。夜着《よぎ》と蒲団くらいはありますぞ」

「そうしたいのはやまやまですが、明日の朝、鈴木の旦那に顔出しをしないといけませんのでね。ともかく、今夜は家に帰りますよ」

「そうですか。では、私も堂前のお米の件は、最初から考え直してみます」

「よろしく頼みますぜ」

辰治が提灯に灯《ひ》をともし、帰っていく。

＊

お熊はすでに、二階の自分の寝床で寝ている。

ときどき夜風に乗って、

「そばぁい、そばぃぃぃ」

と、夜鷹蕎麦《よたかそば》の呼び声がかすかに聞こえてきた。

ピィーという、か細い音は、夜道を行く按摩《あんま》の吹く笛であろう。

伊織は四畳半の寝室で、ひとり行灯《あんどん》の灯を前にして、深沈《しんちん》と考え続けていた。

そもそも、堂前の事件は最初、お巻、お倉、お米の三人が連続して殺されたと見られていた。春更の評するところの、連続密室殺人である。

ところが、お巻とお倉のふたりは、楊弓場の主人である忠次に殺されたのだとわかった。動機は、忠次の邪悪《じゃあく》な逆恨みである。

では、お米は誰に、なぜ、殺されたのか。お巻・お倉殺しの模倣《もほう》とも考えにくい。まったく、別種の事件であろう。

麻布市兵衛町、根津、鮫ケ橋、そして堂前という、別種の連続殺人であろうか。

とすれば、堂前の下手人をあきらかにすることは、連続殺人の解明につながる。

堂前のお米殺しは当初、足軽の野田鉄五郎が疑われた。だが、状況からして、野田がお米を殺したとは思えなかった。

そのため、告知文で野田をおびき寄せ、いったんは拘束《こうそく》したが、事情を聞き取ったあと、辰治は放免したほどである。

また、野田の供述から、お米が堂前のお倉に引っ張られてきたことがわかり、その線をたどることで、忠次にたどり着いた。

その意味では、野田の供述が、お巻・お倉殺しを解決に導いたとも言える。

(しかし、これまで、野田がお米を殺したのではないという前提に立ち、考えてきたのではなかろうか)

伊織はハッと気づいた。

(その前提が間違っていたとしたら……)

野田がお米を殺したと考えれば、どうなるであろうか。

果たして、野田がお米を殺すことは可能だろうか。

伊織は考え続けた。

モヘ長屋の診療所で、風邪の症状を訴える住人に、沢村伊織は麻黄湯《まおうとう》を処方した。

三

そばで見ていた春更が、住人が帰ったあと、さっそく質問する。

「先生、麻黄湯は、わたしが筆耕《ひっこう》をしている戯作《げさく》に出てきた気がします。どんな薬ですか」

「麻黄湯は、唐土《もろこし》の最古の医術書である『傷寒論《しょうかんろん》』にもある薬で、古くから風邪の初期症状に処方されてきた。杏仁《きょうにん》、麻黄《まおう》、桂皮《けいひ》、甘草《かんぞう》を配合して作る。有名な薬なので、戯作にも出てきても不思議ではない」

「『傷寒論』にもあるとなると、麻黄湯は漢方《かんぽう》の薬ではないのですか。先生は蘭方医ですよね」

春更が大真面目に尋ねる。

伊織はちょっと面倒くさいなと思ったが、とくに待っている患者はないことから、話をすることにした。

「私は漢方医の家に生まれたのでな。幼いころから、漢方医になるよう育てられた」

「英才教育を受けたわけですか」

「そんな大それたことではない。要するに、家業を継ぐためだ。

私はなんの疑問も持たず漢方を学んでいたわけだが、次第に蘭方医術に興味が出てきた。そこで、父に蘭方を学びたいと願ったところ、あっさり許された。父としては、漢方と蘭方をともに身につけるのは悪くないと考えたのであろう」

「それで、先生は長崎に行かれたのですか」

「いや、その前段階がある。当時、蘭学者で蘭方医でもある大槻玄沢《おおつきげんたく》先生が、蘭学塾『芝蘭堂《しらんどう》』を主宰《しゆさい》しておられた。その芝蘭堂に入門した」

「大槻玄沢という、お名前だけは知っております」

「芝蘭堂で学んでいた文政《ぶんせい》九年（一八二六）、オランダ商館長の江戸参府《さんぷ》に同行して、シーボルト先生が江戸に出てこられた。オランダ人の一行は、本石町《ほんこくちょう》の長崎屋が定宿《じょうやど》になっている。

私は芝蘭堂の塾生数名とともに長崎屋を訪ね、運よくシーボルト先生に面会できた。そして、鳴滝塾に入塾することを決めた。

ただし、今度はさすがに父も許してくれなかった。そこで、なかば出奔《しゅっぽん》する形で長崎に行き、シーボルト先生に師事《しじ》した。まあ、そんなわけだ。鳴滝塾での修業を終え、江戸に戻ったのだが、そう簡単に開業できるものではない。そこで、世話をしてくれる人があって、しばらく吉原で医者をしていた。その後、下谷七軒町に移り、そしていまは湯島天神門前というわけだ。

ここ須田町は、一の日だけだがな」

「なるほど、先生は漢方の素養の上に、蘭方を学んだわけですね。まさに『鬼に金棒』ではありませんか。

いや、金棒などというと、切見世の路地番のようですね。『鬼に西洋剣』としましょう」

伊織も笑いだす。

先日、ももんじ屋で猪鍋《いのししなべ》をつつきながら話をしたとき、伊織は長崎でフェンシングを習ったことを述べた。春更はそれを踏まえ、西洋剣としたのであろう。

それにしても、伊織は春更の機知に感心する。

そのとき、八ツ（午後二時頃）の鐘が鳴りはじめた。診療所は終了である。

鐘の音がまだ鳴りやまないうちに、岡っ引の辰治が現れた。

＊

辰治の顔には疲労の色が濃い。

「なにか、進展はありましたか」

伊織が言った。

辰治は下女のお松が出した茶を飲んだあと、大きなため息をついた。

「麻布市兵衛町、根津、鮫ケ橋に、もう一度、行ってきたのですが、なにも収穫はありませんでした。

みな、昼間の犯行でしたからね。切見世は昼間は閑散《かんさん》としているので、路地にも人はあまり歩いていません。それで、目撃者が見つからないのですよ。堂前も事情は同じですがね」

「部屋の戸は閉じていても、女たちは飯を食いにいっている者が多いのかもしれませんね」

春更は、堂前で見た光景を思いだしているようだ。隣の部屋から侵入したという自説に、まだ未練があるのかもしれない。

切見世の事情はどこもほぼ同じであろう。客の少ない時間帯は、遊女たちはせまい部屋を抜けだし、食事をしたり、互いにおしゃべりをしたりして過ごすのだ。

やおら、伊織が口を開く。

「私は堂前のお米が殺された件を、検討し直してみたのです。その結果、足軽の野田鉄五郎の仕業《しわざ》だとしても、矛盾《むじゅん》はないと思えてきたのです」

「いや、それはありえないでしょう。野田が路地番の平内と一緒に戸を開けたとき、すでにお米は死んでいたのですよ。仮に野田がお米を殺したとしたら、たとえ財布を忘れたとしても、わざわざ戻ってくるはずがありません。そんな危ない橋は渡りませんよ」

辰治が反論した。

春更が指摘する。

「御高祖頭巾《おこそずきん》の武士はどうなりますか」

「いま、まさにふたりが述べたことを根拠に、われわれは野田を嫌疑《けんぎ》から除外していたわけです。そのため、袋小路に入りこんでしまったのではないでしょうか。そこで、まず野田を除外する根拠そのものを忘れてみましょう。

私は、次のように想像してみたのです――。

あの日、野田はお米のもとに来るのは二回目でした。

一回目のとき、野田はお米が財布にどのくらいの金を貯めこんでいるか、どこに隠しているか、ひそかに観察していたのでしょう。隠し場所を事前に把握《はあく》していれば、いざというとき、手早く盗んで逃げられますからな。

また、堂前はもちろん、麻布市兵衛町、根津、鮫ケ橋で、野田はつねに昼間に犯行に及んでいますが、これも足軽と考えれば説明がつきます。大名屋敷は門限が厳しく、暮六ツ（午後六時頃）には表門が閉じられます。そのため、夜の外出はできません。

実際には、夜間でも裏門からこっそり出入りできるようですが、門番にそれなりの謝礼を渡さなければならず、面倒です。そのため、野田は昼間、岡場所を歩いていたのです。

あの日、野田は背後からお米の口を左手で封じ、右手に持った刀を前にまわして左胸を刺しました。お米は悲鳴もあげられませんし、野田は返り血も浴びません。それまで数人を殺しているため、手慣れたものでした。

死体を仰向けに横たえると、野田は一回目のときに目をつけていたお米の財布をすばやく奪い、ふところに押しこんだのです。ところが、このとき、うっかり自分の財布を落としてしまったのですが、気づきませんでした。

野田はなに食わぬ顔で路地に出てくるや、そっと戸を閉めました。戸が閉じていれば、中に客がいると判断され、あらたな客は来ませんからね。死体の発見を遅らせることができます。

堂前を出て道を歩いていて、ふと自分の財布がないことに気づいたのでしょうね。きっと、愕然《がくぜん》としたはずです。財布の中の金はあきらめるとしても、印形《いんぎょう》が入っています。印形は決定的な証拠になりかねません。

野田は焦《あせ》り、必死に考えたはずです。

（お米の財布をふところに押しこんだ……）

ふところにおさめるとき、なにかのはずみで、自分の財布が落ちたのに違いないと、野田は推理したはずです。

（すると、お米の部屋にあるはず）

野田は急いで堂前に戻りましたが、いざ木戸門をくぐってみると、路地がこみいっているため、とてもお米の部屋を探しだせそうもありません。戸は閉じてい

ましたからね。焦っていたところ、路地番の平内を見かけたので、

『お米のところに案内しろ』

と、居丈高《いたけだか》に命じたのです。

野田は、平内が部屋の前まで案内し、

『ここですよ』

と言うや、立ち去ると踏んでいたのでしょう。

あるいは、

『ご苦労、もうよいぞ』

と言って、平内を追い払うつもりだったのかもしれませんね。

ところが、案に相違して、平内は障子《しょうじ》の鮮血に気づき、部屋の中に、

『お米さん』

と呼びかけ、さらには戸を開けたではありませんか。

野田としては、予想もしていなかった展開だったでしょうね。

そのため、狼狽《ろうばい》し、後先も考えず、平内を押しのけて土間に入り、財布を取り返そうとしたのです。ところが、財布はすぐには見当たりません。蒲団の下に隠れていたからです。

すると、財布が見つからないどころか、平内が土間に足を踏み入れ、お米の死体を発見してしまったではありませんか。野田としては、絶体絶命《ぜったいぜつめい》の窮地《きゅうち》でした。このままでは自分が疑われると思った野田は、恐慌《きょうこう》状態になり、走って逃げだしたのです。

——こう考えると、野田が下手人と言うのも、充分にありうるのではないでしょうか」

「う〜ん、見事な推理ですな。たしかに、そう考えると、麻布市兵衛町、根津、そして鮫ケ橋の切見世の犯行も説明がつきます。同じ手口で女を殺し、財布を奪っていたのです。たまたま堂前では自分の財布を落としてしまい、狂いが生じたわけですな」

辰治が感に堪《た》えぬように言った。

春更がさらなる説明を求める。

「逃げだしたあと、野田はどうしていたのでしょうか」

伊織がふたたび、語りはじめた。

「野田はからくも逃げだしたものの、不安で、不安でたまらなかったはずです。

いちばんの不安材料は、やはり財布の中の印形です。野田は自分で自分に、

（篆書《てんしょ》だから、堂前の連中に野田と読めるはずがない。もし読めたとしても、野田だけで俺とわかるはずがない）

と、言い聞かせていたのでしょうな。

しかし、できることなら財布を取り戻したいですからね。野田はさりげなく堂前の周辺を歩いて、その後の様子をうかがっていたはずです。

すると、ある日、木戸門の柱に、告知文が貼られているのに気づいたのです。

文を読むと、財布は路地に落ちていたとのこと。

（そうか、だからあのとき、お米の部屋にはなかったのだ。俺はうっかり、路地で落としていたのだ）

野田はそう考え、出頭することにしたのです。もちろん、これは罠《わな》ではあるまいかという疑いも持ったはずですが、財布を取り戻したいという誘惑には勝てませんでした。

路地番に自分の財布ではなかろうかと告げると、野田は店頭《たながしら》の家に案内されました。そして、たちまち拘束されてしまったのです。しばらくして、辰治親分が登場しました。野田は生きた心地がしなかったでしょうな。

しかし、野田は、自分のあとの客がお米を殺したと思わせることに成功し、どうにか切り抜けたのです。また、懸案の財布を取り戻すこともできました。まさに、九死に一生を得た気分だったでしょうね。ただし、財布を取り戻したことで、野田鉄五郎という名前と顔を覚えられてしまいました。野田は当分、身を慎《つつし》んでいるはずです。

「すると、野田が言っていた、御高祖頭巾の武士はどうなるのでしょうか」

春更がふたたび指摘した。

伊織が笑って答える。

「目くらましだろうよ。野田がとっさに思いつき、注意を自分から逸《そ》らさせようとしたのだろうな」

辰治も春更も黙って考えこんでいる。これまでの思いこみが覆《くつがえ》され、言葉を失っていた。

伊織が口調をあらためて言う。

「これまで縷々《るる》、申し述べてきました。しかし、極端な言い方をすれば、すべて私の想像です。

私としてはかなりの自信がありますが、残念ながらまったく証拠がありません。

また、野田を取り調べることもできません。

ということは、堂前のお米殺しは謎のままということになるでしょうね」

「う～ん、あっさりと野田を放免してしまったからなぁ。あのときだったら、自身番に連行して厳しく詮議《せんぎ》し、白状に追いこむこともできたのだが。

いまは、野田は大名屋敷の中にいる。もう、手は出せない」

いまさらながら、辰治は野田を放免したのを悔《く》やんでいる。

伊織も重苦しい気分だった。疑わしい人物がいるにもかかわらず、取り調べをすることもできないのだ。

「後味がよくないのはたしかですね」

「とにかく、鈴木の旦那に相談しますよ。まずは『てめえ、へまをしやがって』と怒鳴られるかもしれませんがね。しかし、あの旦那のことですから、きっとなにかうまい手を考えてくれるはずです。

ともあれ、振り出しに戻ったことになりやすね」

いかにも無念そうな顔をして、辰治が帰り支度をはじめた。

すでに、診療所の終了時刻である八ツをとっくに過ぎている。

「すまん、帰るのが遅くなったな」

伊織は、加賀屋から派遣された下女のお松に謝《あやま》る。

お松が恥ずかしそうに笑った。

「いえ、お店にいるより、ここにいるほうが、あたしは好きなんです。それに、人がたくさん詰めかけたので八ツを過ぎましたと説明したら、番頭さんが、『それはご苦労だった』

と、駄賃をくれることもあるのですよ」

当初こそ極端に無口で、伊織とはほとんど口をきかなかったお松だが、最近では冗談を言うようにまでなっていた。

四

玄関の三和土に、若い娘ふたりが立った。

「あたしは大橋屋の袖《そで》と申します。

大橋屋のお才の娘でございます。お繁ちゃんの友達でして」

沢村伊織が驚いて見ると、お袖と名乗った娘の隣に立っているのは、お繁だった。

しかし、お繁は顔を伏せていて、伊織と目を合わせようともしない。

「あたしがお繁ちゃんにせがんで、無理に連れてきてもらったのです。あたしが悪いんですからね」

お袖が言いわけをした。

丸顔で、やや浅黒いが、目元に愛敬《あいきょう》があった。お袖はお才の娘なのだが、義理の娘なので、当然ながら顔は似ていなかった。

お袖の挨拶を聞き、お繁の恥ずかしそうな様子を見て、伊織も事情がわかった。

お繁が嫁入りするのを聞き、さらに相手の男が近所に住んでいるのを知り、好奇心を募《つの》らせたお袖は、強引に案内させたのであろう。お繁の夫となる男の顔をひと目、見たいということだろうか。

ふたりとも手に燕口《つばくろぐち》を持っている。三味線《しゃみせん》の稽古《けいこ》の帰りに違いない。

お袖が帰り道、お繁に「ねえ、ねえ、案内しなさいよ。ちょっと、顔を見るだけでいいのだから」と、せがんでいる光景が想像できた。お繁も拒《こば》みきれず、とうとう案内させられたというわけであろう。

「まあ、おあがりなさい」

伊織にうながされ、ふたりはあがってきた。

ふたり並んで座る。

お袖が肘《ひじ》でついて、お繁の耳元になにやらしきりにささやいている。一方、お繁は顔を伏せたまま、ほとんど聞き取れない声で返事をしている。

お繁は伊織の前に出て、恥じらっているのだ。先日の活発さとは打って変わったしおらしさに、伊織は胸を締めつけられるほどのいとおしさを感じた。

「ゆっくりしていってください、と申しあげたいところだが、間もなく手術の患者が来るはずでしてね。手術がはじまると相手もできませんが、ご了解いただきたい」

「え、手術ですって。どんなことをするんですか。見てもいいですか」

お袖が目を輝かせた。

伊織も苦笑する。

「まあ、そばで見ているぶんにはかまわぬが」

横にいるお繁が顔をあげて、こちらを見た。言葉こそ発しないが、目に強い光がある。

そのとき、伊織はふと思いついた。手術となればどうしても助手が必要である。いざとなれば、下女のお熊に手伝わせるつもりだったのだ。

お繁に向かって、伊織が言った。

「もし、よければ、手伝ってもらえるかな」

「はい」

お繁がはじめて口を開き、しかもきっぱりと言った。

頬《ほお》が紅潮している。

伊織が台所に向かって声をあげた。

「お熊、襷《たすき》を出してやってくれぬか」

「へ～い」

いかにも嬉《うれ》しそうに、お熊が襷を持参し、お繁に手渡す。

お繁が間もなく伊織の妻になるのを知っているため、お熊は嬉しくてしょうがないらしい。

「肉瘤《にくりゅう》という、腫物《はれもの》の切開手術をおこなう。昨日、診察をして、今日、手術をすることに決めた。間もなく、その患者がみえるはずだ」

「この場所でおこなうのですか」

「うむ。これが、先日、話をした蘭引《らんびき》だ」

伊織がそばに置かれた蘭引を示す。

すでに火鉢《ひばち》と焼酎《しょうちゅう》が用意されていた。

さらに、薬箱を開けて、手術器具を示す。

「これがランセッタ、これがコロム・メス、これがコロム・シカール、この三つの器具を用《もち》いて切開をおこなう予定だ」

ランセッタは先端が槍状《やりじょう》に尖《とが》ったメス、コロム・メスは刃の湾曲《わんきょく》したメス、コロム・シカールは刃の湾曲した鋏《はさみ》である。

お繁は真剣な表情で見つめ、聞き入っている。

＊

「ごめん」

患者の古川恭蔵《ふるかわきょうぞう》が現れた。

腰に大小の刀を差している。

頭を手ぬぐいで二重に覆《おお》っていたが、形がいかにもいびつである。額《ひたい》が異常に大きいのだ。

古川は四十前くらいで、剣術道場の道場主だった。額に腫物ができ、次第に大きくなる。

数多くの漢方医に診《み》てもらったが、すべて危険すぎるとして切開手術は断られた。治療としてほどこされたのは、各種の膏薬《こうやく》を貼ることだったが、まったく効《き》き目はなく、腫物は大きくなる一方だった。

外見の異様さはもちろんのこと、額が突き出ているため防具《ぼうぐ》の面がかぶれなくなり、竹刀《しない》を用いる稽古はできなくなった。

ついには、道場を断念せざるをえないまでに追いこまれた。

そんなとき、沢村伊織の噂《うわさ》を聞き、藁《わら》をも縋《すが》る思いで、下谷七軒町を訪ねていった。ところが転居したと聞き、さらに湯島天神門前に訪ねてきたのである。それが、昨日のことだった。

伊織が肉瘤を診察して、切開しても危険はないと判断した。そして、今日の手術という段取りとなったのである。

「よろしいですな」

伊織が最後の確認をする。

「はい、覚悟はできておりますぞ。ところで、こちらのお女中は？」

古川が、襷がけをした初々しいお繁を見て言った。

「助手です。手術となりますと、どうしても助手が必要でしてね」

「さようですか」

古川が腰の大小の刀を鞘《さや》ごと抜く。

お袖がすばやく進み出て、

「お武家さま、お預かりいたします」

と、刀を受け取った。

もんじ屋には武士の客も来るのであろう。店の手伝いをしたことがあるのか、お袖の対応は如才《じょさい》なかった。

「では、手ぬぐいを外していただきましょうか」

伊織の求めに応じて、古川が頭に巻いた手ぬぐいをはらりと外す。

額に梨《なし》の実くらいの腫物ができていた。

初めて見たとき、伊織ですら内心でエッと叫んだほどの、奇怪な形をした腫物だった。

声こそあげなかったが、お袖はあきらかに動揺していた。顔色が変わっている。

一方、お繁は顔色ひとつ変えない。それでも、目の色に一種の恐怖があった。

恐怖と懸命に戦っているに違いない。心の中で、

(あたしは医者の妻です。医者の妻です)

と念じているのかもしれなかった。

伊織はお繁の健気《けなげ》さを見て、抱きしめたい衝動に駆られた。

そんな衝動をおさえ、宣言する。

「では、はじめるぞ。まず、蘭引からだ」

「はい、かしこまりました」

お繁が即座に反応して、焼酎を蘭引にそそぐ準備をする。

そんな友達の様子を、お袖が羨《うらや》ましそうに見ていた。

五

浅草猿屋町《さるやちょう》の自身番に集結した人数は十人近かった。

いよいよ、南町奉行所の定町廻り同心、鈴木順之助の立案した作戦がはじまるのだ。

集まった人数からしても、南町奉行所が本気で取り組んでいるのがわかる。

ただし、表立った作戦ではなかった。

正式な捕物出役《しゆつやく》の場合、同心は鎖帷子《くさりかたびら》を着込み、鎖鉢巻《くさりはちまき》を締め、着物はじんじんばしょりにして、籠手《こて》と脛当《すねあて》をつけるという物々しいいでたちである。

ところが、鈴木は普段と変わらぬ羽織姿だった。足元は白足袋に雪駄《せった》である。

また、集められた小者も、正式の捕物のときのように六尺棒《ろくしやくぼう》を持っているわけでもなく、それぞれ行商人や職人のような格好をしていた。

はた目には、烏合《うごう》の衆が集まっているように見えよう。

そのとき、商人風の男が自身番に駆けこんでくると、鈴木に告げた。

「裏門を出ました」

鈴木は軽くうなずいたあと、全員を見まわして言った。

「敵が動いたぞ。いよいよじゃ。あとは、命じたとおりにやれ」

鈴木の指示を受け、集結していた小者たちが無言で、いっせいに散っていく。

自身番に残ったのは、鈴木と、供で中間《ちゆうげん》の金蔵《きんぞう》、それに沢村伊織と岡っ引の辰治の四人だけとなった。

「おい、辰治、そのふてぶてしそうな面構《つらがま》えは、とても医者の家の下男とは見えぬぞ」

鈴木は評しながら、ニヤニヤしている。

辰治は苦りきった顔で、言い返した。

「旦那、勘弁してくださいよ。わっしは空臑《からずね》で腰が冷えて、さっきから小便にばかり行っているんですから」

いつもは股引《ももひき》を穿《は》き、着物を尻《しり》っ端折《ぱしょ》りしている辰治は、いまは股引のない空臑だった。慣れない格好で、寒さが身に染みているに違いない。

「すまん、冗談だ。では、褒《ほ》めよう。てめえの下男姿は、じつに板についているぜ」

「旦那、その言い方も、わっしはおもしろくありやせんね」

辰治が不貞腐《ふてくさ》れてみせる。

鈴木は笑いだした。

「すまん、これも冗談だ」

ひとしきり笑ったあと、伊織に言った。

「では、頼みますぞ。先生の場合は医者が医者と称するのですから、演じる必要はありません。下男の辰治を供に従え、堂々と屋敷の門を通ってください。

外出した野田鉄五郎は、小者があとをつけています。もし、早めに戻りそうな気配があれば、小者たちが寄ってたかって難癖《なんくせ》をつけるなどして、なんとか食い止めます。

「よろしいですな」

「わかりました」

伊織は一礼して、自身番から出る。

従う辰治は、手に薬箱をさげていた。

ふたりが向かう先は、平戸藩の上屋敷である。

鈴木が計画したのは、供を従えた医者が大名屋敷に潜入するというものだった。

そして、その作戦が実行に移されることになったのだ。

伊織としては気が進まない面もあったのだが、鈴木の要請とあれば断れなかった。

それに、そもそも野田が真犯人ではなかろうかと指摘したのは伊織だった。

やはり、結末まで見届けたい。そのためには、潜入作戦に参加せざるをえなかった。

「先生、この川は知っていますか」

後ろから辰治が言った。

伊織は右手の川を眺《なが》める。

さほど川幅があるわけではないが、多くの舟が行き交っていた。しかも、糞尿《ふんにょう》を運ぶ、いわゆる葛西舟《かさいぶね》が目立つ。

「いや、初めて見る川ですが。なんという川ですか」

「浅草川とも鳥越川とも言いますがね。三味線堀《しゃみせんぼり》から流れ出て、隅田川《すみだがわ》にそそいでいます」

「なるほど、隅田川と三味線堀をつないでいるわけですか」

伊織も川に舟の多いことに納得がいった。

三味線堀は、少し前まで伊織が住んでいた家から近かった。その三味線堀から流れ出た川と思うと、不思議な感慨《かんがい》があった。

しばらく行くと、川に甚内橋《じんないばし》と呼ばれる橋が架《か》かっている。

橋のところを左に曲がる。

「先生、そろそろ裏門ですぜ」

「うむ、うまくいけばいいですが」

伊織は一抹《いちまつ》の不安があった。

いっぽう、辰治は自分の役割がおもしろくてたまらないようだ。

「先生は偉そうに、黙ってふんぞり返っていればいいのです。下男のあたくしめが、すべて手配いたしますから」


六万千七百石の平戸藩の上屋敷は、敷地がおよそ一万四千六百坪ある。

裏門は造りこそ小ぶりで簡素とはいえ、六万石の格式を示す長屋門だった。

門番は法被《はっぴ》に山袴《やまばかま》の姿で、六尺棒を持っていた。

辰治が薬箱をさげた格好で、門番の前に進み出て小腰をかがめる。

「へい、医者の往診でございます。お通し願います」

門番がちらりと伊織を見た。

初めて見る顔であろう。

伊織はきっと、誰のもとに往診に行くのかを問われると思った。自分の姓名や住所を質問されるのも覚悟していた。

ところが、門番はあっさり許可した。

「うむ、お通りなされ」

「へい、ありがとうございます。

先生、では、まいりましょう」

辰治が振り向き、うながす。

伊織は無言のまま重々しくうなずき、門番に目礼して、門を通った。

ひと目で医者とわかるいでたちだったこともあろう。さらに、門番は頻繁《ひんぱん》に交代するため、自分は知らなくても、すでに何度も往診に来ている医者と判断したのかもしれなかった。また、往診先の名を尋ねなかったのも、藩士の人数は多いため、とうてい覚えていないからに違いない。

裏門から入ると、敷地内には黒瓦《くろがわら》の平屋の建物が建ち並んでいる。とても野田の住まいは尋ねあてられそうにない。

当惑していた辰治が、看板法被《かんばんはっぴ》を着た中間に気づいた。

すかさず、そばに歩み寄り、小腰をかがめる。

「畏《おそ》れ入ります。医者の往診でございまして。足軽の野田鉄五郎さまのお住まいはどちらでございましょうか」

「ああ、野田さまか。口では説明しにくい。ついてきなされ」

中間が先に立って歩く。

大きな建物の角を曲がると、足軽長屋が見えた。

屋敷は高い海鼠塀《なまこべい》で囲われているが、その壁の内側に接するようにして、平屋の長屋が長く延びている。屋根は瓦ではなく、板屋根だった。

「あそこの、中ほどですな。野田という表札が掛かっておるはず」

中間が長屋を指さした。

辰治が腰を曲げる。

「へい、ご親切に、ありがとう存じました。

先生、まいりましょう」

伊織は鷹揚《おうよう》にうなずいた。

黙ってふたりで歩く。

野田と記された表札が見つかった。

辰治が慎重にあたりを見まわし、さきほどの中間の姿がないのを確認したあと、
小声で言った。

「先生はどうしますね」

「留守宅に無断で入りこむのは、私としてはためらいがありますね」

伊織としては譲《ゆず》れない一線だった。

策略を弄《ろう》して大名屋敷の門を突破するまではいい。だが、人の家に無断侵入するのは別である。

辰治はあっさり言った。

「わかりやした。じゃあ、先生はここで待っていてください。わっしがひとりで忍びこみます。

その代わり、先生は知らないふりをしてください。あくまで、わっしが勝手にしたことです。よろしいですね。

では、この薬箱は頼みますぜ」

「承知しました」

伊織がたたずみ、見るともなく見ていると、辰治が入口の腰高障子《こしだか》を開け、すっと身体を中にすべりこませた。やや小太りの身体つきからは想像もできない、すばしっこさだった。

薬箱を手にさげて、外にたたずんで待ちながら、伊織は針《はり》の筵《むしろ》に座っているような気分だった。

何人かの足軽がそばを通りすぎるたび、伊織は声をかけられるのではなかろうかと、ひやひやした。遠くを見つめ、さも人を待っているかのようによそおう。

（それにしても、辰治は遅いな。いったい、なにをしているのか）

伊織はジリジリしたが、実際はごく短い時間だったであろう。

辰治が腰高障子を開けて外に出てきた。

ちょうど、さきほどとは別な中間が通りかかる。

「先生、お留守のようでございます」

「そうか、では、今度にしよう」

中間はちらと伊織を見ただけだった。

ふたりは、なにげない様子で歩く。どこから見ても、医者と供の下男である。

無事に裏門を通って屋敷の外に出た。

裏門からだいぶ離れたあと、ようやく辰治が口を開いた。

「せまい部屋で、家財道具らしきものは、ほとんどありませんでしたがね。とはいえ、だいいち、なにを見つければよいのかが、わからないわけですからね。家探しをはじめたものの、わっしも途方に暮れましたよ。

鈴木の旦那も無茶を言いますからね。

『野田の部屋で、証拠になる品を見つけてこい』ですからね。まったく、こっちはたまったものじゃありません」

鈴木の作戦は平戸藩の上屋敷に潜入し、野田の部屋で連続殺人の証拠を見つけるというものだった。その際、医者と供のいでたちであれば、門を通りやすいであろうというのが、鈴木の考えだったのだ。

「なにも見つからなかったのですか」

伊織も心配になった。

なにも発見できなかったとなると、作戦が失敗なのはもちろん、自分の推論も証明できない。

辰治が歩きながら言う。

「まあ、聞いてください。

わっしが最初に目をつけたのは神棚《かみだな》です。壁に神棚がありましてね。大事な物、秘密にしたい物を隠しているのではなかろうかと、指で探ってみたのですが、指先にくっついたのは埃《ほこり》だけでした。

枕屏風《まくらびょうぶ》の陰《かげ》に夜着と蒲団がたたんであったので、それぞれ広げて、指で綿を探っていったのですが、なにかを隠している感触はありませんでした。

そのほか、いろいろ探したのですが、収穫はまったくなし。わっしもあきらめかけたとき、行灯のそばに置いてある火打箱《ひうちばこ》に気づいたのです。

火打箱はすでに調べは済んでいて、蓋《ふた》を開けると中に入っていたのはお定まりの火打石、火打金《ひうちがね》、火口《ほくち》などだったのですがね。それで、すぐに蓋をかぶせたのですよ。

しかし、あらためて見てみると、火打箱の厚みが異様に厚い気がしたのです。わっしは気になったので、また蓋を開けて、今度は中身の火打道具を全部、取りだしたのです。すると、わっしの思ったとおりでした。上げ底になっていたのです」

「ほう、底板の下に、別な隙間《すきま》があったのですか」

「そういうわけですよ。わっしは底板の下に隠されていた物を目にした途端、思わず、『よっし、これで野田は獄門《ごくもん》だ』と叫び、その場で踊りだしそうになりやしたよ。『手の舞い足の踏む所を知らず』ってやつでさ。

先生、底板の下に、なにが隠されていたと思いますか」

辰治はことさらに、焦《じ》らす。

ここは、伊織も早く聞きたい。

「わかりません。なんだったのですか」

「女物の財布がぎっしり詰まっていたのです」

「ほう、殺した女から奪った財布ですか」

「間違いありません。もちろん、財布はすべて空でしたがね」

「しかし、そんな決定的な証拠になる品を、野田はなぜ残しておいたのでしょうか」

「戦利品のつもりだったのか、いずれ国許《くにもと》で売り払うつもりだったのか。どっちにしろ、大名屋敷には町方は踏みこめないとわかっているので、安心していたのでしょうな」

「それらの財布はどうしました」

「そこが、難しいところでしてね。わっしも迷いましたよ。

もとは別な人間の持ち物とはいえ、いまは野田の所持品です。野田の所持品を勝手に持ちだしては、それこそ泥棒ですからな。岡っ引が盗みをするようじゃあ、この世の終わりですぜ。そんなわけで、火打箱は元通りにしておきましたよ。

しかし、わっしがこの目で確かめたと言えば、鈴木の旦那は納得するでしょうな。もう、これで決まりです」

「なるほど。その中には、堂前のお米の財布もあったのでしょうね」

「おそらく、お米の財布もあったでしょうな」

「財布は全部でいくつあったのですか」

「七つ、ありやしたよ」

「ということは、野田はお米を含め、少なくとも七人の女を殺していることになりますね」

「たしかに、『少なくとも七人』でしょうな。春更さんの言葉を借りれば、野田はまさに殺人鬼ですぜ」

甚内橋のたもとに、小者のひとりが立っていた。

辰治が得意の笑みを浮かべる。

「うまくいったと、早く鈴井の旦那に伝えてやってくんな。わっしらも自身番に行くが、旦那は首を長くして待っているだろうからな」

「へい、わかりやした」

小者が駆けだした。

六

自身番の小さな建物では、とても全員を収容できない。

そのため、建物の前面に敷かれた玉砂利《たまじゃり》にしゃがみ、配られた握飯と沢庵《たくあん》を食べている小者もいた。

同心の鈴木順之助が、自身番の近くにある一膳飯屋に炊き出しを命じたのである。そして、さきほど一膳飯屋から握飯と、大皿に入れた沢庵が届いたというわけだった。

鈴木と沢村伊織、それに岡っ引の辰治も、自身番の三畳の座敷で、同じく握飯と沢庵で腹ごしらえをしていた。

玉砂利を、じゃりじゃりと踏みしめる音がする。

「鈴木さま、屋敷に戻るようです」

尾行《びこう》に従事していた小者だった。

野田鉄五郎が上屋敷に帰る気配を見て取り、先まわりし、走って報告にきたのだ。

「ご苦労、敵はなにをしていたのか」

「浅草広小路《ひろこうじ》をぶらつき、茶屋で雑煮《ぞうに》を食っていました。そのあと、古着屋で綿入《わたいれ》を買ったようです。また、絵草紙屋《えぞうしや》で、錦絵《にしきえ》を何枚か買っていました」

「女から奪った金でしょうな」

辰治が吐き捨てるように言った。

鈴木が小者をねぎらう。

「ご苦労だった。てめえも腹が減ったろう。握飯を用意してあるから、遠慮なく食え」

「浅草方面から戻ってくるわけですね」

伊織は地理を思い描く。

辰治が言った。

「旦那、浅草方面から歩いて屋敷に戻るとなれば、甚内橋を渡るはずですぜ」

「うむ、では、橋で捕えよう」

鈴木は食べかけの握飯を口の中に押しこみ、竹の筒《つつ》の水を飲んだあと、小者たちに矢継ぎ早に指示をする。

いよいよだった。

伊織はなんだか、野田とは長年、付き合ってきたような気がする。しかし、考えてみると、まだ顔も知らないのだ。

不思議な感覚と言おうか。

野田は左手に風呂敷包を抱えていた。中身は、購入した古着や錦絵であろう。

甚内橋の中ほどに達したところで、野田の足が止まった。

行く手に、鈴木と小者数人が立ちふさがったのだ。

鈴木のいでたちは、ひと目で町奉行所の同心、いわゆる「八丁堀《はっちょうぼり》の旦那」とわかる。伊織は、やや背後に控えていた。

野田はあわてて、振り返って後ろを見る。

やはり、橋のたもとに辰治と小者数人がいて、ふさいでいる。

鈴木が、橋の上にいた商家の女中らしき女を手招きし、

「早く渡れ」

と言った。

同様に、辰治も橋を渡りかけていた老人を手招きし、

「早く渡りな」

と、急《せ》かしている。

いつしか、橋の上には野田ひとりが取り残されていた。

いまや、野田も自分が置かれた状況がわかったようだった。右手で大刀を抜き放つと、橋を戻る方向に向かう。

「いかん」

鈴木が舌打ちした。

小者たちは六尺棒で武装していないし、辰治が持っているのも十手《じって》だけだった。これでは、大刀にはかなわない。へたをすると、死傷者が出るであろう。

鈴木は腰の大刀を抜くと、

「神妙にしろ」

と叫びながら、ツツ、と橋の上を走った。

「くそぉー」

振り向いて、怒鳴りながら野田が刀で斬《き》りつけてきた。

しかし、左手にはまだ後生大事に風呂敷包を抱えているため、右手一本による斬りこみである。

鈴木が両手で握った刀で、思いきり撃ち返す。

チャリーンと金属音がしたかと思うや、野田の刀はあっけなく右手から弾《はじ》き飛ばされ、欄干《らんかん》を越えて川の中に落ちていった。

橋の下で、

「うわーっ」

と、悲鳴があがった。

突然、頭上から真剣が降ってきて、荷舟などの船頭が仰天したのであろう。

「もう、逃げられぬぞ」

鈴木が刀を構えて迫った。

反対側からは、十手を手にした辰治が駆けつける。

野田が左手に持っていた風呂敷包を投げつけた。鈴木は余裕をもって、刀身で払い落とす。

次の瞬間、野田は腰の脇差《わきざし》を抜くと、柄《つか》を両手で握るや、ぐっと腹部に突き立てた。

たちまち、鮮血が腹部から腿《もも》のあたりまでを赤く染める。

「ぐううぅッ」

野田は苦しげにうめきながら、ぐらりとよろめいた。

いったんは欄干で背中を支える。

だが、すぐに支えきれなくなり、ずるずると身体をすべらせるや、ついに橋桁《はしげた》に尻餅《しりもち》をついた。

伊織がそばに行った。

「診ましょう」

両手の力で思いきり突いたため、刃先が内臓《ないぞう》まで届いているのはあきらかだっった。場所からして、肝臓《かんぞう》を突き破っているであろう。もう、手の施《ほどこ》しようがなかった。

「どうですか、助かりますか」

鈴木が伊織の耳元でささやいた。

伊織もささやき返す。

「無理です。助かりません。今日の夜までもつかどうか」

「そうですか。では、治療をする必要はありません。

ただし、あと半時（約一時間）ばかり、まともに話ができる状態にしてくださ

い。できますか」

非情な要請だった。だが、鈴木の焦りはわかる。死ぬ前に、野田の自供《じきょう》を得たいのであろう。

「わかりました」

伊織は落ちていた風呂敷を引き寄せ、結び目を解いた。

風呂敷を幾重《いくえ》にも折りたたみ、脇差を抜き取ったあとの傷口に押しあてた。風呂敷は汚れていたが、どうせ助からぬ患者に、感染症の心配をする必要はなかった。

次に、風呂敷に包まれていた綿入の着物を脇差で裂いて、帯を作っていく。伊織は綿入を裂きながら、ふとお繁の姿が脳裏に浮かんだ。

（こんなとき、きっと手早いであろうな）

綿入で作った帯を、傷口にあてた風呂敷を押さえるように、腹部にきつく巻いていく。巻き終えると、鈴木に言った。

「応急の血止めをしました。これで、おそらく半時くらいは意識をたもてるはずです」

いつしか、そばに戸板が置かれていた。

伊織が血止めをしているあいだに、鈴木が小者に命じて用意させたようだ。

橋の両際には、野次馬が鈴生《すずな》りになっていた。

鈴木が小者たちに言った。

「よし、この男を戸板に乗せ、みなで自身番まで運べ」

七

自身番の入口には、板敷の上框があった。

上框の奥は三畳の畳敷きの座敷になっていて、普段であれば、浅草猿屋町の町役人などが交代で詰めているのだが、今日ばかりは、同心の鈴木順之助がいわば借りあげていた。そのため、町内の者は誰もいない。

三畳の座敷の奥に、三畳の広さの板敷の部屋があった。板壁には鉄の環《わ》が打たれていて、町内の者が協力して傷害事件の犯人を捕らえたときなど、この環に縛りつけ置き、巡回してきた定町廻り同心に引き渡す。

同心や岡っ引が、ここで容疑者を取り調べることもあった。

いま、野田鉄五郎はこの板敷の部屋に寝かされていた。顔面は蒼白《そうはく》で、口を半開にして、「うう、うう」と、低くうめき続けている。

そばに、鈴木と沢村伊織、それに岡っ引の辰治の三人が座っていた。

「拙者は南町奉行所の者だ。平戸藩松浦家の家臣、野田鉄五郎どのだな」

鈴木が問いかけた。

野田から返ってきたのは、苦悶《くもん》のうめき声だけだった。天井を睨《にら》みつけ、鈴木とは視線を合わせようともしない。

鈴木が淡々と言う。

「はっきり申そう。貴殿は助からぬ。間もなく死ぬ。

死ぬのは免《まぬが》れないとして、貴殿の対応次第で、野田家の扱いはがらりと変わりますぞ。

国許には親兄弟がいるであろう。妻子がいるかもしれぬな。自分の死後の扱いを、よく考えたほうがよいのではありませぬか。

もし、貴殿がだんまりのまま死ねば、拙者は、

『野田鉄五郎は堂前のお米など、七人の遊女を殺害して、財布を奪った極悪人でございます。召し捕ろうとしたところ、逃れられないと見て、自害をはかりました』

として、貴殿の死体を受け取りにくるよう、平戸藩邸に申し入れる。

さあ、平戸藩はどうするでしょうな。

誰かがあわてて貴殿の部屋を捜索し、火打箱に女物の財布が七つ、隠されているのを見つけるでしょうな。さあ、大騒ぎとなるはずです。

貴殿が殺人鬼なのは明白ですが、平戸藩としては認めるわけにはいかない。そこで、

『平戸藩に野田鉄五郎という藩士はいない。なにかの間違いである』

と、木で鼻を括《くく》ったような回答を寄こすでしょうな。

となると、拙者もそれ以上はどうすることもできませぬ。

貴殿の遺体は身元不明の行き倒れ人として、どこかの寺の墓地の穴に投げこまれ、それで終わり。無縁仏《むえんぼとけ》となるでしょうな。

貴殿は、それはそれでよいと覚悟しているのかもしれませぬ。拙者も、その死生観は嫌いではないですぞ。

しかし、国許の野田家はどうなりますかな。

平戸藩では藩士の不祥事を隠蔽《いんぺい》するため、野田家を改易《かいえき》にするでしょうな。つまり、野田家は断絶ですな。みな浪人となり、拝領屋敷からも追いだされ、たちまち路頭に迷うことになる。貴殿の年老いた両親など、さぞつらいであろうと思いますぞ。

伝わってくる噂は、

『野田鉄五郎は江戸で岡場所の遊女を殺し、金を奪っていた。冷酷《れいこく》非情な殺人鬼だった』

ですからな。

貴殿の両親は道を歩いていると、石を投げつけられるかもしれませんな。気の毒だが、致し方がない」

鈴木は言い終えると、やおら煙管の煙草に火をつけた。

野田は黙然《もくぜん》としている。それでも、視線の動きがあわただしい。必死に考えているのはあきらかだった。

フーッと煙を吐きだしたあと、鈴木が続ける。

「もうひとつの方法があります。それは、貴殿が遊女殺しは自分の仕業と認め、拙者の問いにすべて答えること。

貴殿はもう、罰しようがありません。どうせ、間もなく死ぬのですからな。しかし、拙者としては真相だけは知りたい。

もし、貴殿が真相を語れば、死後、平戸藩邸に、

『浅草猿屋町で、藩士が病気で急死した模様でござる。自身番で遺体をあずかっておるので、引き取っていただきたい』

と申し入れましょう。

遺体の様子を見れば、刃物傷なのはあきらかですが、藩邸から派遣された使者は藪蛇《やぶへび》になるようなことはしますまい。黙って病死として引き取るでしょうな。

町奉行所と平戸藩は阿吽《あうん》の呼吸で、臭《くさ》いものに蓋をしてしまうわけです。

その結果、貴殿は病死として葬られ、国許の野田家は安泰でありましょう。ま

た、国許には、野田鉄五郎は江戸で病死したと伝わるでしょうな。諸藩では、よくあることですぞ。

これで、野田家の名誉は守られる。

さて、いかがですかな。すべて、貴殿しだいです。

ただし、あまり余裕はありませんぞ。もうすぐ、貴殿は死ぬのですからな」

しばし、沈黙が続いた。

自身番の外を、呼び声をあげながら寿司《すし》の行商人が通る。

「鰺《あじ》のすう、こはだのすう」

寿司屋は自身番の中の様子など知らないのだから、無理もない。しかし、なんとも場違いな呼び声だった。

野田は苦しげに息をしながら、鈴木の目を見つめた。

「約束していただけるのか」

「約束しましょう。

本当であれば、貴殿を死罪に処したかったのですがね。残念ながら、それはできませぬ。せめて、真相を知ることで、幕をおろそうというわけです。

ほぼわかってはいるのですが、やはり本人の口から語ってもらいたいものですから」

「承知した。なにから話せばよいですかな」

「まず、堂前のお米を殺し、財布を奪ったのは、貴殿ですな」

「さよう、拙者です」

「麻布市兵衛町、根津、鮫ケ橋そのほか、六か所の切見世で女を殺し、財布を奪ったのは貴殿ですな」

「さよう、拙者です」

野田ははっきりと、連続殺人を認めた。

さらに鈴木が問う。

「堂前、麻布市兵衛町、根津、鮫ケ橋のほかは、どこですか」

「もう、よく覚えておりませぬな」

「では、最初はどこですか。それは、覚えているでしょう。記念すべき第一歩ですからな」

「深川の、妙な名だった。なんだったか……。

そうだ、『あひる』だ。あひるの切見世が最初だ。女の名はお鴨《かも》だった。あひるのお鴨」

野田はおかしそうに笑ったが、途中で顔が苦悶にゆがむ。

あひるは、深川に多数ある岡場所のひとつで、佃新地《つくだしんち》とも言った。女郎屋が軒《のき》を並べている一方で、切見世もあった。

伊織はそばで聞きながら、最初の犯行が隅田川を渡った深川だったことに信憑性《しんぴょうせい》を感じた。やはり、平戸藩の上屋敷からは、できるだけ離れた場所を選んだのである。

その後、自信をつけた野田は、徐々に手近な場所で犯行を重ねていったと言えよう。

「あひるのお鴨を殺したのは、最初から金を奪うつもりだったのですか」

「いや、そうではありません。お鴨が拙者を愚弄《ぐろう》したので、カッとなって刺し殺したのです。

殺したあとになって、お鴨の財布が落ちているのに気づいたのです。中を見ると、驚くほどの金が入っていました。そこで、殺しに盗みを重ねても、どうせ死罪になるのは同じだと思い、持ち去ったのです」

いわば、『毒を食わば皿まで』の心理と言おうか。

伊織はそばで聞いていて、野田の荒《すさ》んだ心を想像した。人を殺し、かつ金儲《かねもう》けができるのである。野田が常習犯になっていく経緯がたどれる気がした。

鈴木は質問を続ける。

「その後、貴殿は犯行を重ねたわけですな。

女とちょんの間をして、百文の揚代《あげだい》は払わず、逆に金を奪う。たしかに、一度味をしめると、やめられなくなるのかもしれませんな。

しかし、繰り返していると、いずれ捕らえられるとは思わなかったのですか」

「お鴨を殺したあと、拙者はいつ町奉行所から呼びだしを受けるかもしれぬと、落ち着かない日々でした。びくびくしていたと言ってもよいでしょうな。

ところが、何日経っても拙者の身には、なんの変化もありません。また、あひるで女が殺されたという噂も聞きませぬ。拙者は不思議な気がしましてな。

半月くらいあとでしたか、あひるに行って、それとなく尋ねたところ、お鴨は病気で死んだということでした。つまり、切見世では町奉行所に届けず、病死として処理していたのです。殺人など、なかったことになっていました。

拙者はひとり、大笑いしましたぞ」

「それで、自信を深め、犯行を重ねたわけですか。しかし、堂前では失策をしましたな。この際、堂前の殺しを最初から話してくだされ」

野田にしても、お米殺しは記憶が新しい。詳細《しょうさい》を語ったが、その顚末《てんまつ》は伊織の推理とほぼ同じだった。

「たしかに、印形の入った財布を落としたのは失策でした。だが、その後、拙者の嫌疑は晴れたはずですが。

なぜ、町奉行所は拙者を下手人だと判断したのですか」

「当初は、貴殿が下手人であるはずはないと思っていました。

しかし、その後、貴殿が下手人であっても矛盾はないと考えたのです。考えついたのは拙者ではなく、こちらの医者の沢村伊織先生ですがね。

つまり、貴殿が下手人かもしれないと、見方が変わったわけですな。ところが、あくまで推理です。たしかな証拠がありませんでした。

そこで、証拠を探したのです。そして、今日の昼前、その証拠が見つかったのですよ。

おい、せっかくだから、懇切丁寧《こんせつていねい》に説明してさしあげろ」

鈴木が辰治をうながす。

辰治が野田の前ににじり出た。

「今日の昼前、おめえさんの留守宅にちょいとお邪魔させていただきやしてね。いろいろと拝見させていただきました。

そして、火打箱に女物の財布が隠されているのを見つけたのですよ。全部で、七つありやした」

「そういうわけでしてね。もし財布が見つからなければ、貴殿の捕縛は見送っていたでしょうな」

鈴木が結論を言う。

野田はなにか言おうとしたようだが、唇が動いただけで、言葉にはならない。

意識が薄れてきたようだ。

伊織が野田の手首を取り、脈を確かめる。すでに弱々しかった。間もなく息絶えるであろう。

伊織が鈴木を見て、首を横に振った。

鈴木が野田に向かって引導《いんどう》を渡す。

「では、冥土《めいど》に旅立たれよ。

三途《さんず》の川に、七人の女が待ちかまえているかもしれませんが」

伊織はそばで聞いていて、鈴木には野田を罰せないことに、無念の思いがあると察した。

辰治がぼやく。

「これじゃあ、殺された女は浮かばれやせんよ」

「やれることはやったぞ。少なくともこれで、八人目はない」

鈴木が終結を宣言した。

八

春更は、野田鉄五郎の捕縛に自分が同行できなかったことに、ちょっとむくれていた。

モへ長屋の、沢村伊織の診療所である。

「野田の外出を見はからい、急に決まったことなので、親分もそなたには連絡できなかったのだろうな」

伊織がなだめた。

実際は、岡っ引の辰治は、捕物のときに春更がいては足手まといになるのを案じたのかもしれなかった。

だが、さすがに伊織もそれは言わない。

まだ不満なようだが、春更としても結末を早く知りたいのであろう。

「野田の遺体はどうなったのですか」

「鈴木さまは野田との約束どおり、平戸藩に、

『急病で行き倒れになった藩士の遺体を、自身番に安置している。引き取りにきてほしい』

と申し入れた。

ところが、平戸藩ではすでに、野田が町奉行所の役人に召し捕られたらしいことを知っていたようだ。

甚内橋は、平戸藩の上屋敷とはごく近いからな。ほかの藩士がたまたま、野田が召し捕られるのを目撃していたのかもしれない。

そこで、平戸藩は、

『当方に、行方不明の家臣はいない。その死体は、平戸藩松浦家の家中の者ではない。よって、当方が遺体を引き取るいわれはない』

と、遺体の引き取りを拒否した」

同心の鈴木順之助の配慮は、無になったのである。

鈴木としてはきちんと約束を守ったのだが、平戸藩が引き取りを拒否しては、もうどうしようもなかった。

「すると、野田の死体はどうなったのですか」

「身元不明の行き倒れ人として、浅草猿屋町の町内の負担で、寺に送った。無縁仏だな。

鈴木さまとしては、町内によけいな負担をかけさせる結果になってしまい、なんとも面目《めんもく》なさそうだった。私としても、気の毒だった」

「すると、国許の野田家はどうなるのでしょうか」

「私は武家のことはよくわからぬのだが、おそらく、野田鉄五郎は江戸で出奔したことになるのではなかろうか。

となると、国許の野田家も、なんらかの処罰を免れないかもしれない。それとも、揉《も》み消してしまうのかな」

「昨今《さっこん》の風潮からすると、揉み消してしまうかもしれませんね」

春更が、武家社会の事なかれ主義を慨嘆《がいたん》した。

伊織は春更が武家の出身なのを知っているだけに、ちょっとおかしい。

「けっきょく、堂前のお巻とお倉を殺したのは忠次、お米を殺したのは野田鉄五郎とわかったわけです。

しかし、戯作としては同一犯が三人を殺す、連続密室殺人事件に仕立てたほうがおもしろい気がするのですがね」

春更はまだ、隣室から忍びこんだとする自分の着想が捨てがたいようだ。

伊織としては、とくに述べるべき感想はない。

さっさと話題を変える。

「そうだ、次の一の日は、私はこの診療所を休むからな。そのつもりでいてくれ。寺子屋として使っても、かまわぬぞ」

「門前の家で、手術があるのですか」

「いや、じつは婚礼があってな。それで、まあ」

「親類の婚礼ですか」

「いや、私だ」

「えッ」

一瞬、春更は意味がわからなかったようである。

続いて、素《す》っ頓狂《とんきょう》な声をあげた。

「先生の婚礼ですか。ということは、祝言《しゅうげん》を挙げるのですか」

「まあ、そういうことだ」

「それは、おめでとうございます。

ご新造さんになる方は、医者のご息女《そくじょ》ですか」

春更に当然のように問われて、伊織ははっとした。

迂闊《うかつ》ながら、まったく考えていなかったのだ。

「いや、医者の娘ではなく、湯島天神の門前にある仕出料理屋の娘だ。いわば同じ町内から嫁をもらうことになる」

「ほう、仕出料理屋ですか。ではきっと料理が上手な方でしょうね。羨ましい」

「おいおい、料理を作るのは、料理人などの奉公人だぞ。主人の娘が料理などするものか」

伊織は笑いながら、長崎に出奔したことで勘当同然となった自分の運命に思いを馳《は》せた。

春更に問われて、あらためて気づいたと言ってもよい。

武家はもちろんのこと、庶民でもある程度以上の身分になると、結婚は親同士で決める。結婚は、家と家の結婚だった。また、息子も娘も、それが当然と思っていた。

もし、伊織が長崎に行かず、江戸にとどまっていたら、父の勧めで漢方医の娘と見合いし、結婚していたであろう。そして、自分でも、そんな結婚になんの疑問を抱かないし、不満もなかったろう。

長崎に遊学し、父とは距離を置いたことで、その後の自分の運命が大きく変わったのをあらためて実感する。

(長崎帰りの蘭方医として開業しなければ、お繁と出会うこともなく、まして、お繁を妻に迎えるなど、絶対になかったはずだ)

伊織はふっと、涙が滲《にじ》むのを覚えた。

コスミック・時代文庫

秘《ひ》剣《けん》の名《めい》医《い》
【十一】
蘭方検死医 沢村伊織

2022年2月25日　初版発行

【著者】
永《なが》井《い》義《よし》男《お》

【発行者】
杉原葉子

【発行】
株式会社コスミック出版
〒154-0002 東京都世田谷区下馬 6-15-4
代表　TEL.03(5432)7081
営業　TEL.03(5432)7084
FAX.03(5432)7088
編集　TEL.03(5432)7086
FAX.03(5432)7090

【ホームページ】
http://www.cosmicpub.com/

【振替口座】
00110-8-611382

【印刷／製本】
中央精版印刷株式会社

乱丁・落丁本は、小社へ直接お送り下さい。郵送料小社負担にて
お取り替え致します。定価はカバーに表示してあります。

ISBN978-4-7747-6354-5 C0193